21 世纪高等院校课程设计丛书

Authorware 课程设计案例精编

主　编　杜文洁　刘明国

副主编　丛国凤　张　宇

中国水利水电出版社

www.waterpub.com.cn

内 容 提 要

在当今社会，多媒体技术已经广泛应用于各种行业并扮演着重要的角色。Authorware 广泛应用于计算机辅助教育、娱乐及办公自动化等领域的多媒体系统开发与制作，是一个功能强大的多媒体软件制作工具。

本书以综合项目的案例形式详细地介绍了利用 Authorware 7.0 进行多媒体软件设计的过程，所有章节均以案例形式简要介绍其最终效果的展示、制作流线分析及详细的制作过程，每个案例都是作者精心设计实现的，综合性强，制作思路清晰，是一本针对多媒体技术应用的课程设计很有价值的教学用书。

本书制作步骤详尽，图文并茂，通俗易懂，具有很强的实用性。读者通过对本书案例的学习，可以做到举一反三，熟练掌握 Authorware 的综合运用。本书既可作为高等院校本专科学生多媒体课程设计的教学用书，也可以作为多媒体软件开发人员的自学参考书。

本书所赠光盘包含案例的所有相关素材。

图书在版编目（CIP）数据

Authorware 课程设计案例精编 / 杜文洁，刘明国主编.
北京：中国水利水电出版社，2009
（21 世纪高等院校课程设计丛书）
ISBN 978-7-5084-6399-5

Ⅰ．A…　Ⅱ．①杜…②刘…　Ⅲ．多媒体—软件工具，
Authorware 7.0—高等学校—教学参考资料　Ⅳ．TP311.56

中国版本图书馆 CIP 数据核字（2009）第 044640 号

策划编辑：石永峰　责任编辑：李 炎　加工编辑：刘晶平　封面设计：李 佳

书　　名	21 世纪高等院校课程设计丛书 Authorware 课程设计案例精编
作　　者	主 编 杜文洁 刘明国 副主编 丛国凤 张 宇
出版发行	中国水利水电出版社 （北京市海淀区玉渊潭南路 1 号 D 座　100038） 网址：www.waterpub.com.cn E-mail：mchannel@263.net（万水） 　　　　sales@waterpub.com.cn 电话：（010）68367658（营销中心）、82562819（万水）
经　　售	全国各地新华书店和相关出版物销售网点
排　　版	北京万水电子信息有限公司
印　　刷	北京市天竺颖华印刷厂
规　　格	184mm×260mm　16 开本　14.25 印张　343 千字
版　　次	2009 年 4 月第 1 版　2009 年 4 月第 1 次印刷
印　　数	0001—4000 册
定　　价	28.00 元（赠 1CD）

丛书序

课程设计是教学计划中的一个重要环节。通过课程设计，学生能够得到系统的技能训练，从而巩固和加强所学的专业理论知识，其目的是培养学生的综合运用能力，使学生成为具有扎实的理论基础和较强的独立动手能力的专业人才。

随着社会对复合型、应用型人才的需要，各高校对学生在课程设计上的要求越来越高，课程设计的选题也越来越需要结合实际应用。考虑到目前课程设计重视实际操作的需要，我们组织具有丰富实际开发和教学经验的老师编写了本套丛书。书中所选的案例皆取自作者平时所做的项目，具有相当强的实用性和可操作性，其中有些案例项目稍加扩充，即可成为一个功能完整的项目系统。

我们编写本套丛书的目的是给学生和老师在做课程设计的时候提供一个参考，老师可以先让学生按照本书例子的引导完成整个案例的制作，然后要求学生仿照该案例或课后习题有所扩充，最后再独立地以自己的想法做出各具特色的课程设计的实例。因为知识的应用过程就是一个熟练的过程，你可以先照着别人的例子作，再亲自实践后才能了解到其中的实际问题，从而在解决问题中掌握更多实用的知识，并巩固和加强所学的专业理论知识。这样才能在走入工作岗位后更好地将学到的知识应用到实际开发中去。

本套丛书具有以下特点：

内容全面、综合：精心选取各课题开发中具有代表性的若干个案例，全面覆盖各课题开发技术中的重点和难点，内容详实。

选例实用、典型：案例的选取具有代表性，是在实际开发工作中经常能遇到的。书中所有的例子都经过验证实现，读者可通过实例的学习对相应技术点有清晰直观的了解。

紧扣课设、实用：丛书最大程度地强调课程设计的特色，书中所有的例子尽量做到按学生课程设计的思路编排，以达到更易读懂、更实用的目的。

注释清楚、明了：对于学习过程中易出现问题的部分都加了详细的注释说明，以便学生在实际课程设计制作的过程中思路更清晰、明了。

课后练习选取有代表性：为了方便学生练习和老师布置作业，部分案例后还选取了具有代表性的实例题目，并作了简单的实现思路说明，适合不同层次的学生练习。

通过对本套丛书相应课程设计实例的学习，相信您一定能轻松完成自己的课程设计，做出满意的课程设计作业。

本套丛书目前涉及到的课程设计课题有：软件开发、图形图像、多媒体、网络、数据库等。在以后的时间里我们将加入更多、更实用的课程设计课题供广大读者和老师参考。也敬请广大读者及时和我们沟通，从而使我们能更好地为大家服务。

真诚地感谢参与本套丛书编写的老师们，是他们认真敬业的精神保证了本套丛书能符合课程设计的要求，能更好地为读者学习应用。也非常感谢中国水利水电出版社万水公司的图书策划编辑，是他们本着为学生、为读者服务的精神策划了本套实用的课程设计案例精编丛书。

期待各位读者的意见和建议，希望各位不吝赐教，来信请至 xinyuanxuan@263.net。最后祝愿各位读者能通过本套丛书学习到更多更实用的知识，为将来的发展奠一块更好的基石。

丛书编委会
2005 年 10 月

前　言

多媒体技术是一门新兴的计算机应用学科，也是一门飞速发展的学科，它已逐渐应用到各行各业，各种多媒体应用软件的开发工具也因此应运而生。在各种多媒体应用软件的开发工具中，多媒体制作软件 Authorware 是一款不可多得的优秀开发工具。由于 Authorware 是一种基于设计和流程线结构的编辑平台，同时又具有丰富的函数、程序控制功能以及出色的人—机交互能力，能将编辑系统和编程语言较好地融合到一起，因此利用 Authorware 可以创作出丰富多彩的多媒体作品。本书以 Authorware 作为制作平台，通过详细讲述 15 个典型实例的制作过程，实现了利用 Authorware 进行多媒体创作的综合运用。

本书共分 15 章，其主要内容如下：

第 1 章 "多媒体教学课件制作实例"，详细介绍应用显示图标、声音图标、交互图标热区域交互、计算图标和内部函数及其图标属性进行设计制作。

第 2 章 "认图识字制作实例"，应用显示图标、交互图标热对象交互、计算图标及其图标属性进行设计制作。

第 3 章 "拼图游戏制作实例"，应用显示图标、声音图标、交互图标目标区交互、计算图标及其图标属性进行设计制作。

第 4 章 "键盘打字练习制作实例"，应用显示图标、声音图标、交互图标热区域交互、计算图标、决策图标、自定义函数及其图标属性进行设计制作。

第 5 章 "通信录制作实例"，应用显示图标、交互图标按钮交互、判断图标、知识对象和函数变量及其图标属性进行设计制作。

第 6 章 "自制屏幕保护制作实例"，应用显示图标、交互图标条件交互、函数变量及其图标属性进行设计制作。

第 7 章 "多级菜单与快捷菜单制作实例"，应用显示图标、计算图标、擦除图标、交互图标下拉菜单交互、函数变量及其图标属性进行设计制作。

第 8 章 "驾驶员理论模拟考试制作实例"，应用显示图标、计算图标、交互图标、函数变量等及其图标属性进行设计制作。

第 9 章 "计算器制作实例"，应用显示图标、计算图标、交互图标热区域交互、自定义函数、内部函数等及其图标属性进行设计制作。

第 10 章 "校园铃声自动播放系统制作实例"，应用显示图标、交互图标按钮交互、计算图标、声音图标、函数变量及其图标属性进行设计制作。

第 11 章 "增强版播放器制作实例"，应用显示图标、交互图标、函数变量及其图标属性进行设计制作。

第 12 章 "电子导游图制作实例"，应用显示图标、交互图标、框架图标、导航图标及其图标属性进行设计制作。

第 13 章 "毕业生自荐光盘制作实例"，应用显示图标、交互图标、函数变量、计算图标、等待图标及其图标属性进行设计制作。

第 14 章"电子画册制作实例"，应用显示图标、交互图标、等待图标、擦除图标、知识对象及其图标属性进行设计制作。

第 15 章"学生管理系统软件的制作实例"，应用数据库、知识对象、显示图标、交互图标、框架图标、导航图标、计算图标和自定义函数及其图标属性进行设计制作。

本书由杜文洁统稿，杜文洁、刘明国任主编，丛国凤、张宇任副主编。此外，马岩、周凯、王志阳、李迎春、王晓丹、张玉龙等也参加了本书部分内容的编写工作。由于编者水平有限，书中难免存在不妥之处，恳请读者批评指正。

作 者
2009 年 3 月

目　　录

第1章 多媒体教学课件制作实例

随着信息技术的普及，多媒体教学渐渐走入课堂。多媒体教学课件以其鲜明的教学特点，丰富的教学内容，形象生动的教学情景受到了广大教师和学生的欢迎。形象性、多样性、新颖性、趣味性、直观性、丰富性等多媒体教学课件的特点，激发着学生的学习兴趣。此外，多媒体教学课件强大的交互性、自主性等特点，使学生真正地感受到成为学习主体的快乐。

1.1 实例简介与实例效果

1.1.1 实例简介

本实例是以《行路难》古诗为例，应用文字、图片和语音等媒体制作的多媒体教学课件。

1.1.2 实例效果

本实例按照教学大纲的要求设计课件整体框架，根据授课要求设定课件交互，完整效果如图 1-1 所示。

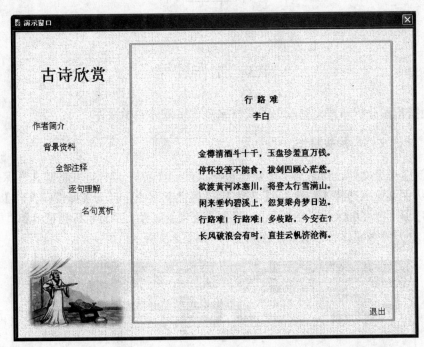

图 1-1 效果展示

1.2　制作分析

1.2.1　制作特点

本实例主要根据教学大纲，针对教育教学对象制定教学计划和教学目标，并对相关知识进行扩展，使教学对象通过多媒体教学课件轻松愉快地学习。

1.2.2　构图分析

为了在制作实例过程中有一个清晰的思路，设计本案例结构分析如图 1-2 所示。

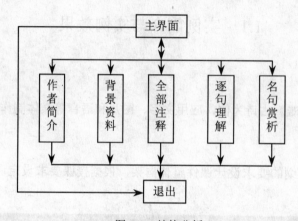

图 1-2　结构分析

1.3　制作过程

下面根据构图分析和搜集到的相关素材来制作多媒体教学课件。

1.3.1　新建文档与片头制作

（1）新建一个文件，命名为"多媒体教学课件制作实例.a7p"，并将其文件保存。

（2）从主菜单中选择【修改】/【文件】/【属性】命令，打开【属性：文件】控制面板，设置【大小】属性为 800×600（SVGA），设置【选项】属性为"显示标题栏"和"屏幕居中"，定义标题名称为"多媒体教学课件制作实例"，如图 1-3 所示。

图 1-3　【属性：文件】控制面板

1.3.2　主界面制作

（1）拖放一个数字电影图标到流程线上，命名为"片头"，双击打开数字电影图标，单击"导入"按钮导入"片头"文件，选择属性面板中的【计时】选项卡，设置【执行方式】为"等待直到完成"，如图 1-4 所示。

图 1-4　"片头"图标属性面板

（2）向"片头"图标下面拖放一个擦除图标，命名为"擦除片头"，设置"片头"图标为擦除对象。

（3）向"擦除片头"图标下面拖放一个声音图标，命名为"背景音乐"，双击打开【声音图标】，单击"导入"按钮导入"背景音乐"文件，选择【属性：声音图标】控制面板中的【计时】选项卡，设置【执行方式】为"同时"，设置【播放】为"直到为真"，如图 1-5 所示。

图 1-5　"背景音乐"图标属性面板

（4）向"背景音乐"图标下面拖放一个显示图标，命名为"背景图片"，双击打开"背景图片"图标，选择【文件】/【导入和导出】/【导入媒体】菜单命令，插入背景图片，如图 1-6 所示。

（5）打开"背景图片"图标属性面板，设置【特效】为"Dissolve, Patterns"，设置【选项】为"防止自动擦除",如图 1-7 所示。

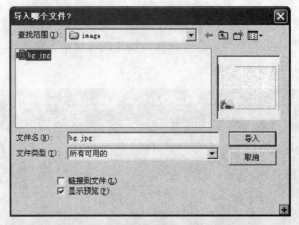

图 1-6　向"背景图片"图标中导入背景图

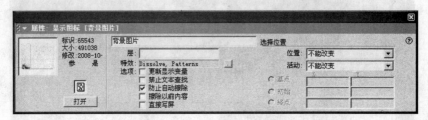

图 1-7　"背景图片"图标属性面板

　　(6) 向"背景图片"图标下面拖放一个显示图标,命名为"导航文字",双击打开"导航文字"图标,利用文本工具输入"古诗欣赏"、"作者简介"、"背景资料"、"全部注释"、"逐句理解"、"名句赏析"和"退出",利用选择工具调整文字位置,如图 1-8 所示。

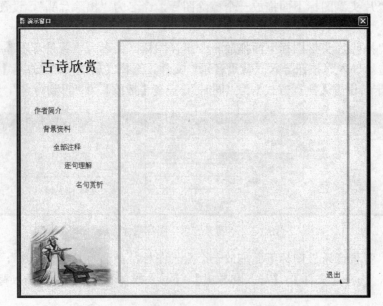

图 1-8　"导航文字"图标中文字位置

（7）打开"导航文字"图标属性面板，设置【特效】为"从左往右"，设置【选项】为"防止自动擦除"，如图 1-9 所示。

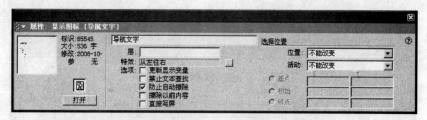

图 1-9　"导航文字"图标属性面板

（8）向"导航文字"图标下面拖放一个显示图标，命名为"诗文"，双击打开"诗文"图标，利用文本工具输入诗歌正文，利用选择工具调整文字位置和样式，如图 1-10 所示。

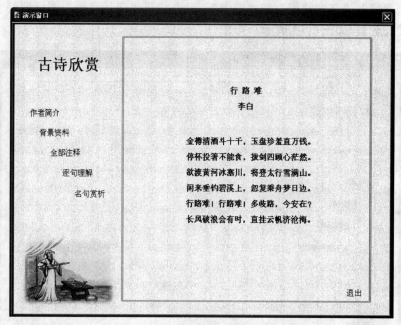

图 1-10　"诗文"图标中文字位置和样式

1.3.3　内容制作

（1）向"诗文"图标下面拖放一个交互图标，命名为"交互界面"，向交互图标右侧拖放一个群组图标，选择【热区域】交互类型，如图 1-11 所示。

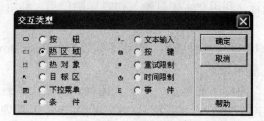

图 1-11　选择交互类型

（2）修改群组图标名称为"作者简介"，打开【属性：判断图标】控制面板，设置【匹配】为"单击"，设置【鼠标】为"手型"，设置【交互】选项卡中【范围】为"永久"，如图 1-12 所示。

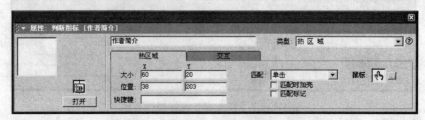

图 1-12　【属性：判断图标】控制面板

（3）向"作者简介"图标右侧连续拖放 5 个群组图标，分别命名为"背景资料"、"全部注释"、"逐句理解"、"名句赏析"和"退出"，双击打开"交互界面"图标调整"热区域"的【大小】和【位置】，如图 1-13 所示。

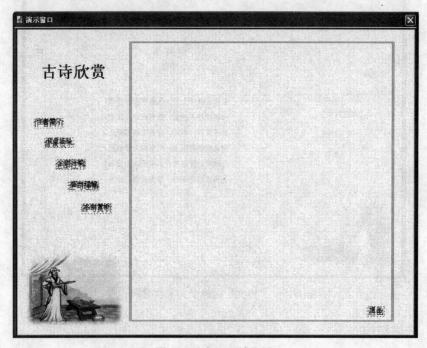

图 1-13　交互区域位置

（4）双击打开"作者简介"图标，向流程线上拖放一个显示图标，命名为"作者信息"，双击打开"作者信息"图标，利用文本工具输入作者详细信息，利用选择工具调整文字位置和样式，如图 1-14 所示。

（5）打开"作者信息"图标属性面板，设置【特效】为 Push Down，设置【选项】为"擦除以前内容"，如图 1-15 所示。

（6）向"作者信息"图标下面拖放一个交互图标，命名为"返回交互"，双击打开"返回交互"图标，利用文字工具输入"返回"文字，利用选择工具调整文字位置，如图 1-16 所示。

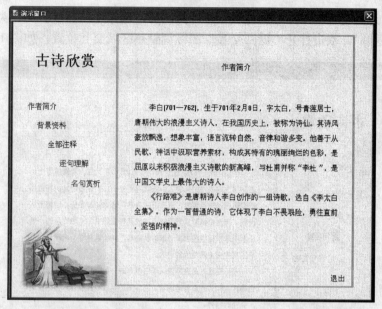

图 1-14　"作者信息"图标中文字位置和样式

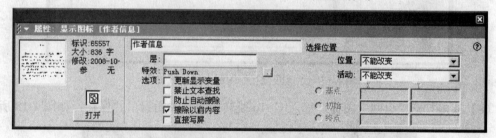

图 1-15　"作者信息"图标属性面板

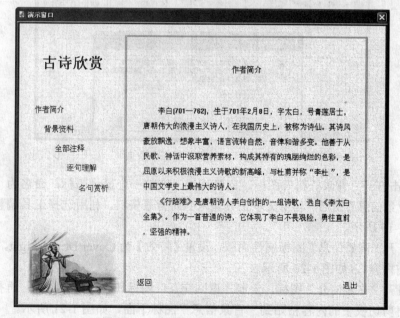

图 1-16　"返回交互"图标中文字位置

（7）向"返回交互"图标右侧拖放一个计算图标，选择【热区域】交互类型，修改计算图标名称为"返回"，双击打开"返回交互"图标调整热区域交互位置，如图 1-17 所示。

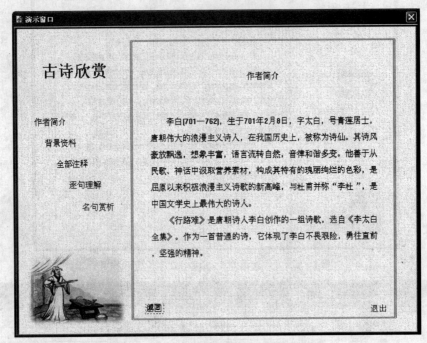

图 1-17 "返回交互"图标中热区域位置

（8）双击打开"返回"图标，输入 GoTo 跳转函数，关闭窗口并保存，如图 1-18 所示。

图 1-18 "返回"图标中信息

（9）双击打开"背景资料"图标，向流程线上拖放一个显示图标，命名为"背景信息"，双击打开"背景信息"图标，利用文本工具输入当时背景资料，利用选择工具调整文字位置和样式，如图 1-19 所示。

（10）打开"背景信息"图标属性面板，设置【特效】为 Cover Down-Right，设置【选项】为"擦除以前内容"，如图 1-20 所示。

（11）打开"作者简介"图标，复制"返回交互"图标和"返回"图标，再打开"背景资料"图标，将剪切板中的内容粘贴到"背景信息"图标下面，如图 1-21 所示。

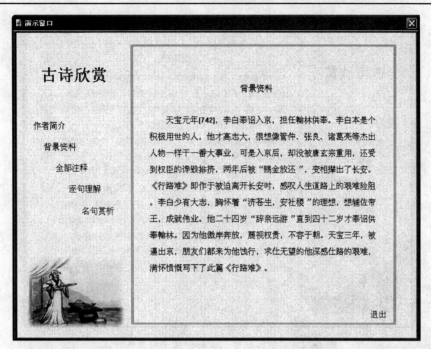

图 1-19　"背景信息"图标中文字位置和样式

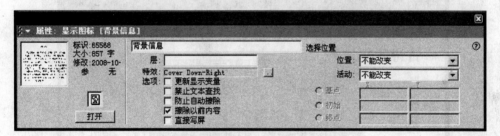

图 1-20　"背景信息"图标属性面板

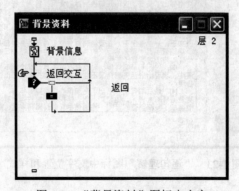

图 1-21　"背景资料"图标中内容

（12）重复（9）～（11）步骤的操作，制作"全部注释"、"逐句理解"和"名句赏析"
图标中内容，分别如图 1-22、图 1-23 和图 1-24 所示。

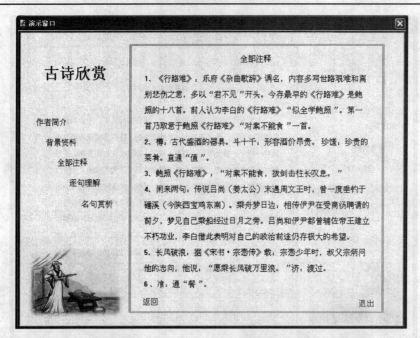

图 1-22　"全部注释"图标中文字位置和样式

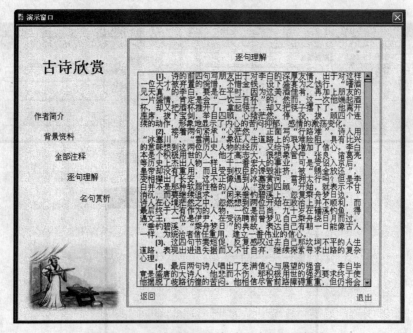

图 1-23　"逐句理解"图标中文字位置和样式

1.3.4　退出部分制作

双击"退出"图标，向流程线上拖放一个计算图标，命名为"退出程序"，双击打开"退出程序"图标，输入 Quit 退出函数关闭窗口并保存，如图 1-25 所示。

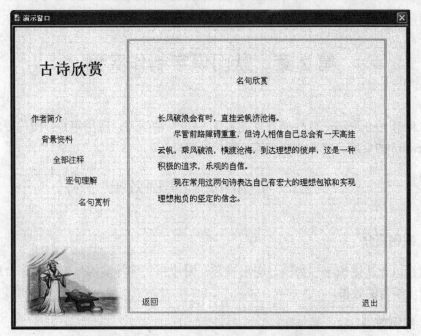

图 1-24　"名句赏析"图标中文字位置和样式

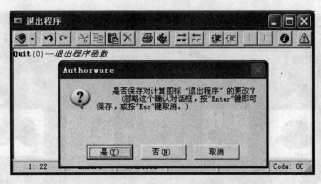

图 1-25　"退出程序"图标中信息

至此，以《行路难》为实例的多媒体教学课件已经制作完成，在教学使用过程中可根据教学设计要求进行修改和完善。

扩展训练

根据本章实例制作一个相类似的多媒体教学课件，要求：

（1）根据古诗内容添加古诗阅读功能，阅读古诗。

（2）利用交互功能创建练习题部分，根据古诗相关内容提出练习题，并且显示正确答案。

第 2 章　认图识字制作实例

本章将利用 Authorware 软件交互功能实现人-机互动学习，应用声音、图片等多媒体信息通过 Authorware 的后期合成制作完美的认图识字软件。

2.1　实例简介与实例效果

2.1.1　实例简介

本实例是以"认图识字"为例，应用声音、图片和文字等多媒体信息制作合成的软件，从而达到同步学习的效果。

2.1.2　实例效果

本实例按照学习要求设定交互，完整效果如图 2-1 所示。

图 2-1　效果展示

2.2　制作分析

2.2.1　制作特点

本实例主要是根据不同年龄段儿童认知意识作为制作宗旨，制作适合儿童认知的实例。

2.2.2 构图分析

为了在制作实例过程中有一个清晰的思路，设计本案例结构分析图如图 2-2 所示。

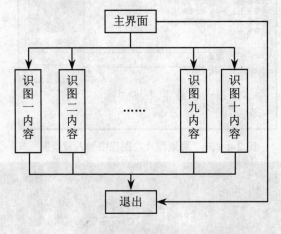

图 2-2 结构分析

2.3 制作过程

2.3.1 新建文档与属性设置

（1）新建一个文件，命名为"认图识字制作实例.a7p"，并将其文件保存。

（2）从主菜单中选择【修改】/【文件】/【属性】命令，打开【属性：文件】控制面板，设置【大小】属性为 800×600（SVGA），设置【选项】属性为"显示标题栏"和"屏幕居中"，定义标题名称为"认图识字制作实例"，如图 2-3 所示。

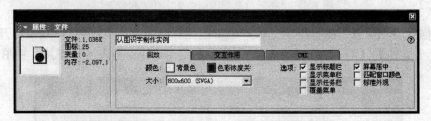

图 2-3 【属性：文件】控制面板

2.3.2 主界面制作

（1）向流程线上拖放一个显示图标，命名为"背景图片"，双击打开"背景图片"图标，选择【文件】/【导入和导出】/【导入媒体】菜单命令，插入背景图片，如图 2-4 所示。

（2）向"背景图片"图标下面拖放一个显示图标，命名为"提示信息"，双击打开"提示信息"图标，利用文本工具输入"鼠标移动到图片上显示图片中水果名称"文字，利用移动工具调整文字样式和位置，如图 2-5 所示。

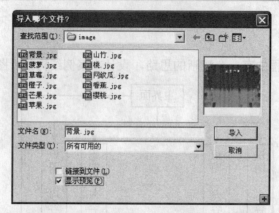

图 2-4　向"背景图片"图标中导入背景图

图 2-5　"提示信息"图标中文字样式和位置

（3）向"提示信息"图标下面拖放一个群组图标，命名为"图片"，双击打开"图片"图标，选择【文件】/【导入和导出】/【导入媒体】菜单命令，插入所用图片，如图 2-6 所示。

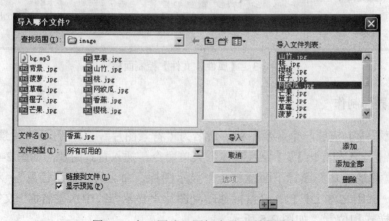

图 2-6　向"图片"图标中导入所用图片

（4）单击工具栏上控制面板中的"运行"按钮程序运行后，单击控制面板上的"暂停"按钮调整图片大小和位置，应用【排列】面板对图标进行排列，如图 2-7 所示。

图 2-7　所用图片大小和位置

2.3.3　内容制作

（1）向"图片"图标下面拖放一个交互图标，命名为"识图交互"，向"识图交互"图标右侧拖放一个显示图标，选择【热对象】交互类型，如图 2-8 所示。

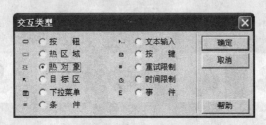

图 2-8　选择交互类型

（2）修改显示图标名称为"芒果文字"，打开【属性：判断图标】控制面板，选择"芒果"图标作为热对象，设置【匹配】为"指针在对象上"，设置【鼠标】为"手型"，设置【交互】选项卡中【擦除】为"在下一次输入之前"，如图 2-9 所示。

图 2-9　【属性：判断图标】控制面板

（3）双击打开"芒果文字"图标，利用文本工具输入相应的文字，利用选择工具调整文字样式和位置，如图 2-10 所示。

图 2-10　"芒果文字"图标中文字样式和位置

（4）应用同样的步骤制作剩余的图片的内容，制作好的文字样式和位置如图 2-11 所示。

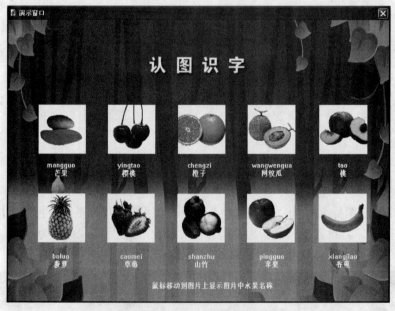

图 2-11　显示文字的样式和位置

2.3.4　退出部分制作

（1）向"香蕉文字"右侧拖放一个计算图标，命名为"退出"，打开【属性：判断图标】

控制面板，修改【类型】为"热区域"，设置【匹配】为"单击"，设置【鼠标】为"手型"，
设置【交互】选项卡中【擦除】为"在下一次输入之前"，如图 2-12 所示。

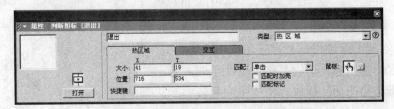

图 2-12　【属性：判断图标】控制面板

　　（2）双击打开"识图交互"图标，利用文本工具输入"退出"文字，利用选择工具调整
文字样式和位置，并调整热区域交互大小和位置，如图 2-13 所示。

图 2-13　"退出"图标热区域交互的位置

　　（3）双击打开"退出"图标，输入 Quit，退出函数关闭窗口并保存，如图 2-14 所示。

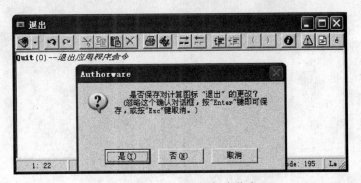

图 2-14　"退出"图标中信息

至此本章实例制作完成，在应用过程中根据实际情况的变化，用户可以根据应用要求进

行修改和扩展。

扩展训练

根据本章实例扩展制作一个"看图认识动物"应用软件，要求：

（1）包含动物图标、动物名称及动物吼叫声音。

（2）单击动物图标，播放该动物吼叫声音。

第3章　拼图游戏制作实例

3.1　实例简介与实例效果

3.1.1　实例简介

本实例应用显示图标、交互图标和判断图标制作拼图游戏，使大家对图标工具加以认识和应用。

3.1.2　实例效果

本实例按照游戏要求设定交互，完整效果如图 3-1 所示。

图 3-1　效果展示

3.2　制作分析

3.2.1　制作特点

本实例主要是根据游戏娱乐要求制作个性效果，充分利用目标区交互类型实现完美游戏效果。

3.2.2　构图分析

为了在制作实例过程中有一个清晰的思路，设计本案例结构分析如图 3-2 所示。

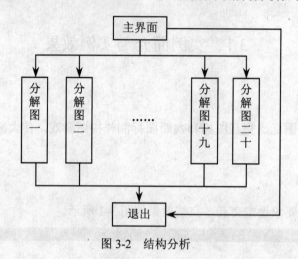

图 3-2　结构分析

3.3　制作过程

3.3.1　新建文档与属性设置

（1）新建一个文件，命名为"拼图游戏实例.a7p"，并将其文件保存。

（2）从主菜单中选择【修改】/【文件】/【属性】命令，打开【属性：文件】控制面板，设置【大小】属性为 1024×768（SVGA），设置【选项】属性为"显示标题栏"和"屏幕居中"，定义标题名称为"拼图游戏实例"，如图 3-3 所示。

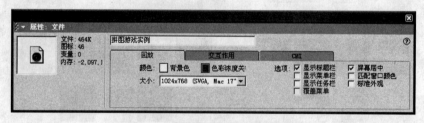

图 3-3　【属性：文件】控制面板

3.3.2　主界面制作

（1）向流程线上拖放一个显示图标，命名为"背景图片"，双击打开"背景图片"图标，选择【文件】/【导入和导出】/【导入媒体】菜单命令，插入背景图片，如图 3-4 所示。

（2）向"背景图片"图标下面拖放一个声音图标，命名为"背景音乐"，打开【属性：声音图标】控制面板，单击"导入"按钮导入"背景音乐"文件，选择【计时】选项卡，设置

【执行方式】为"永久"，设置【播放】为"直到为真"，如图 3-5 所示。

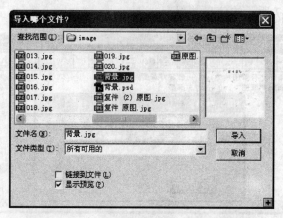

图 3-4　向"背景图片"图标中导入背景图

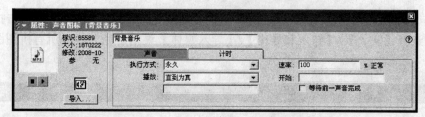

图 3-5　"背景音乐"图标属性设置

（3）将"背景音乐"图标下面的一个显示图标命名为"原图"，双击打开"原图"图标，选择【文件】/【导入和导出】/【导入媒体】菜单命令，插入拼图原图片，并调整图片大小和位置，如图 3-6 所示。

图 3-6　调整"原图"图标大小和位置

（4）向"原图"图标下面拖放一个计算图标，命名为"锁定背景"，双击打开"锁定背景"图标，输入如图 3-7 所示的信息并保存。

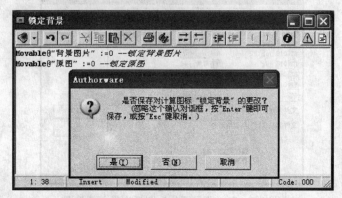

图 3-7　"锁定背景"图标中信息

（5）向"锁定背景"图标下面拖放一个群组图标，命名为"图片组"，双击打开"图标组"图标，选择【文件】/【导入和导出】/【导入媒体】菜单命令，导入所有拼图图片，如图 3-8 所示。

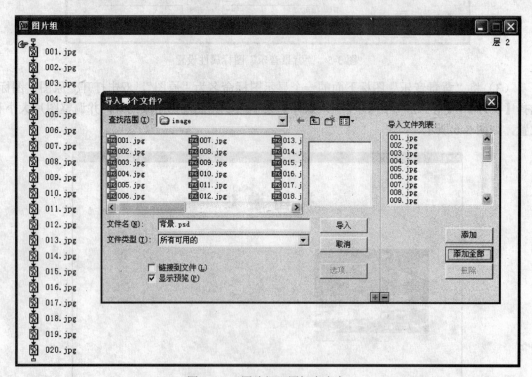

图 3-8　"图片组"图标中内容

（6）单击工具栏上的控制面板中的"运行"程序按钮后，单击"暂停"按钮调整图片大小和位置，应用"排列"面板调整拼图图片位置，如图 3-9 所示。

（7）向"图片组"图标下面拖放一个交互图标，命名为"交互拼图"，双击打开"交互拼图"图标，利用文字工具和绘图工具编辑界面，如图 3-10 所示。

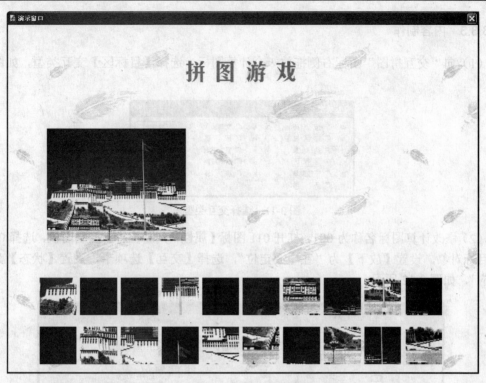

图 3-9　拼图图片位置

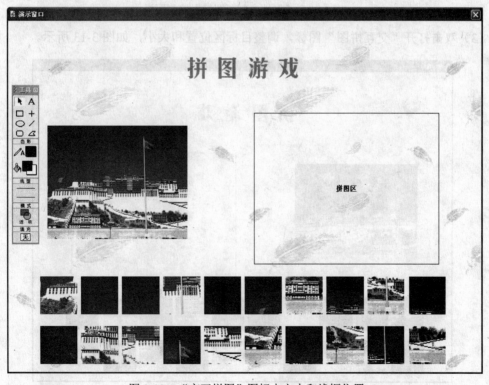

图 3-10　"交互拼图"图标中文本和线框位置

3.3.3 内容制作

（1）向"交互拼图"图标右侧拖放一个计算图标，选择【目标区】交互类型，如图 3-11 所示。

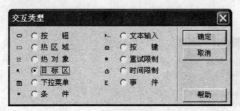

图 3-11 选择交互类型

（2）修改计算图标名称为 001，打开 011 图标【属性：判断图标】控制面板，选择 001.jpg 作为目标对象，设置【放下】为"在中心定位"，选择【交互】选项卡，设置【状态】为"正确相应"，如图 3-12 所示。

图 3-12 【属性：判断图标】控制面板

（3）双击打开"交互拼图"图标，调整目标区位置和大小，如图 3-13 所示。

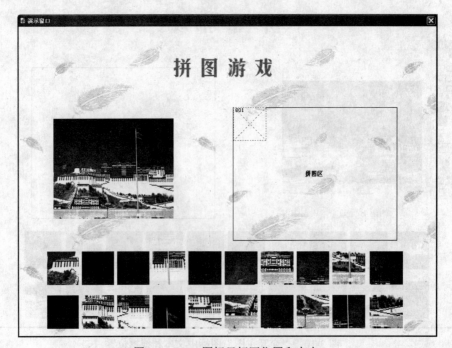

图 3-13 001 图标目标区位置和大小

（4）继续向 001 图标右侧拖放 19 个计算图标，分别命名为 002、003、…、019、020，双击打开"交互拼图"图标，调整目标区位置和大小，如图 3-14 所示。

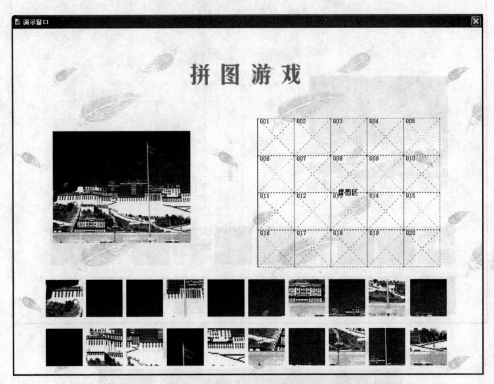

图 3-14　目标区交互位置和大小

（5）利用属性面板调整每个判断图标的目标对象，即 002 与 002.jpg 对应并依次类推。

（6）向 020 图标右侧拖放一个计算图标，命名为"错误状态"，打开【属性：判断图标】控制面板设定【目标对象】，勾选"允许任何对象"复选框，设置【放下】为"返回"，选择【交互】选项卡，设定【状态】为"错误响应"，如图 3-15 所示。

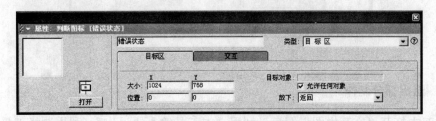

图 3-15　判断图标属性设置

（7）双击打开"交互拼图"图标，调整"错误状态"目标区的位置和大小，如图 3-16 所示。

（8）在所有计算图标输入"- -"并保存，目的是在拼图拖动图片过程中不弹出说明，如图 3-17 所示。

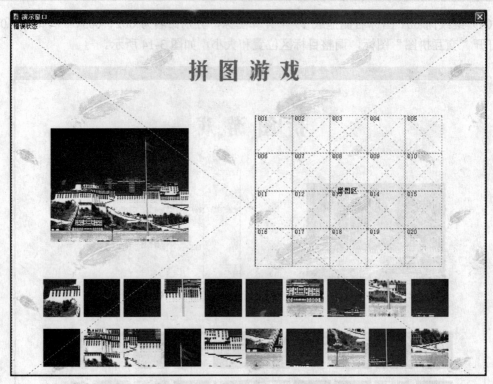

图 3-16　"错误状态"目标区位置和大小

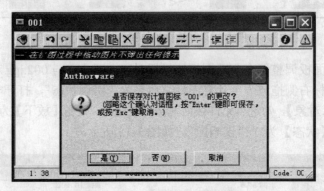

图 3-17　计算图标中说明信息

3.3.4　退出部分制作

（1）双击打开"交互拼图"图标，利用文本工具输入"退出"，利用选择工具调整文本位置和样式，如图 3-18 所示。

（2）向"错误状态"图标右侧拖放一个计算图标，命名为"退出"，打开【属性：判断图标】控制面板，修改【类型】为"热区域"，设置【鼠标】为"手型"，如图 3-19 所示。

（3）双击打开"交互拼图"图标，调整热区域交互位置和大小，如图 3-20 所示。

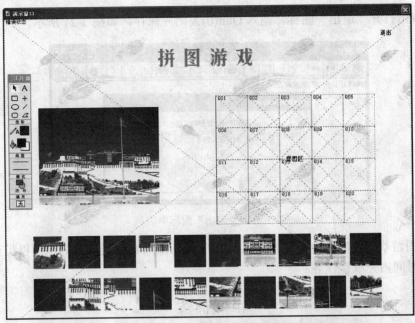

图 3-18　"退出"文字位置和样式

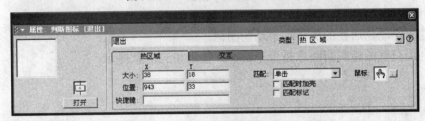

图 3-19　"退出"图标属性设置

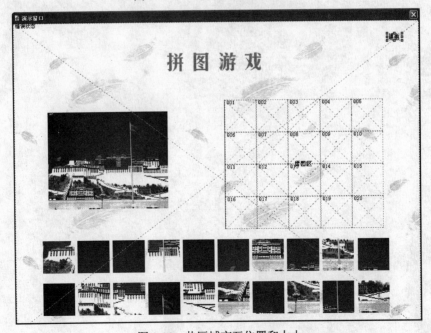

图 3-20　热区域交互位置和大小

（4）双击打开"退出"图标，输入 Quit(0)关闭并保存，如图 3-21 所示。

图 3-21　"退出"图标中信息

至此拼图游戏制作实例介绍完毕，运行程序可以测试，根据读者需求可以扩充功能，比如在规定的时间内完成操作等。

扩展训练

根据本章实例扩展制作一个"小动物回家"应用软件，要求：

（1）建立小动物居住的房子和小动物图标。

（2）利用交互图标判断回家是否正确，并做出相应信息提示。

第4章 键盘打字练习制作实例

键盘是计算机使用者向计算机输入数据或命令的最基本设备,包括数字键、字母键、常用运算符及标点符号键,除此之外还有几个必要的控制键。为了能够对键盘每个键的位置进行熟练掌握,可以应用 Authorware 7.0 制作一个键盘练习软件,通过练习提高打字速度等应用水平。

4.1 实例简介与实例效果

4.1.1 实例简介

本实例是以制作"键盘打字练习制作实例"为例,应用显示图标、交互图标、判断图标和决策图标,并结合函数变量制作完成,用户可对键盘的字母、字符键进行练习,并且可以输入汉字进行打字速度测试。

4.1.2 实例效果

按照程序设计要求,本实例的完整效果如图 4-1 至图 4-5 所示。

图 4-1 主界面

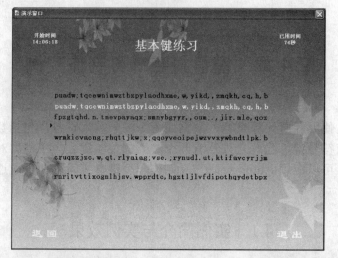

图 4-2   基本键练习界面

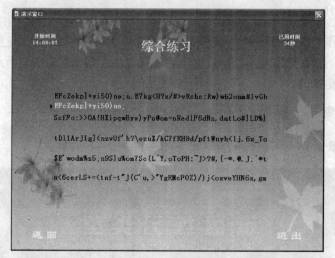

图 4-3   综合练习界面

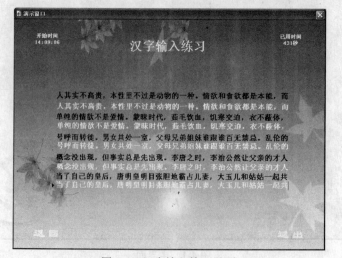

图 4-4   汉字输入练习界面

图 4-5   测试结果显示界面

4.2   制作分析

4.2.1   制作特点

实例主要利用文本、图片和声音等媒体表达形式，综合应用工具图标、函数变量达到键盘练习的目的。

4.2.2   构图分析

为了在制作实例过程中有一个清晰的思路，设计本案例结构分析如图 4-6 所示。

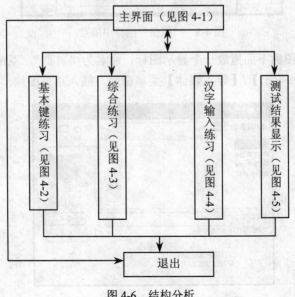

图 4-6   结构分析

4.3　制作过程

4.3.1　新建文档与片头制作

（1）新建一个文件，命名为"键盘打字练习制作实例.a7p"，并将其文件保存。

（2）从主菜单中选择【修改】/【文件】/【属性】命令，打开【属性：文件】控制面板，设置【大小】属性为 800×600（SVGA），设置【选项】属性为"显示标题栏"和"屏幕居中"，定义标题名称为"键盘打字练习制作实例"，如图 4-7 所示。

图 4-7　【属性：文件】控制面板

（3）向流程线上拖放一个计算图标，命名为"赋值"，双击打开"赋值"图标，赋值变更量关闭窗口并保存，如图 4-8 所示。

图 4-8　"赋值"图标中信息

（4）向"赋值"图标下面拖放一个显示图标，命名为"首页"，双击打开"首页"图标，选择【文件】/【导入和导出】/【导入媒体】菜单命令，插入首页图片，如图 4-9 所示。

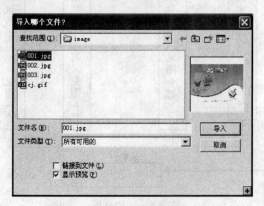

图 4-9　向"首页"图标中导入图片

（5）打开"首页"图标属性面板，单击【特效】后面的按钮弹出【特效方式】对话框，选择"Dissolve, Patterns"作为过渡特效，如图4-10所示。

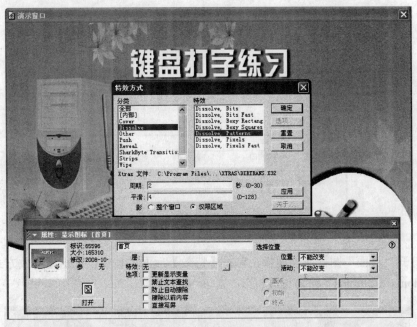

图4-10 "首页"图标特效设置

（6）向"首页"图标下面拖放一个声音图标，命名为"背景音乐"，打开【属性：声音图标】控制面板，单击"导入"按钮导入"背景音乐"文件，选择【计时】选项卡，设置【执行方式】为"永久"，设置【播放】为"直到为真"，如图4-11所示。

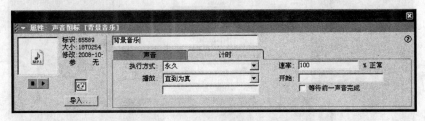

图4-11 "背景音乐"图标属性设置

（7）向"背景音乐"图标下面拖放一个等待图标，命名为"暂停"，打开【属性：等待图标】控制面板，勾选【事件】后"单击鼠标"和"按任意键"复选框，设置【时限】为3秒，如图4-12所示。

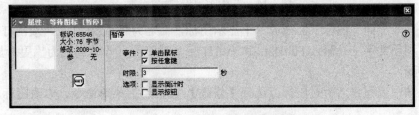

图4-12 "暂停"图标属性设置

　　（8）向"暂停"图标下面拖放一个显示图标，命名为"界面"，双击打开"界面"图标，选择【文件】/【导入和导出】/【导入媒体】菜单命令，插入界面图片，如图 4-13 所示。

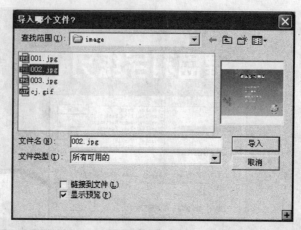

图 4-13　向"首页"图标中导入图片

　　（9）打开"界面"图标属性面板，单击【特效】后面的按钮，弹出【特效方式】对话框，选择"Random，Columns"作为过渡特效，如图 4-14 所示。

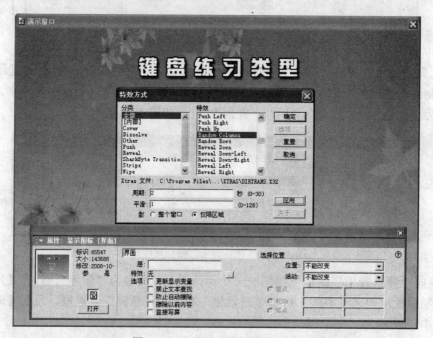

图 4-14　"界面"图标特效设置

　　（10）向"界面"图标下面拖放一个显示图标，命名为"系统时间"，双击打开"系统时间"图标，利用文字工具输入 FullDate 和 FullTime 函数变量，设置属性为"更新显示变量"，如图 4-15 所示。

　　（11）选中流程线上所有图标，选择【修改】/【群组】菜单命令，修改图标名称为"基本设置"。

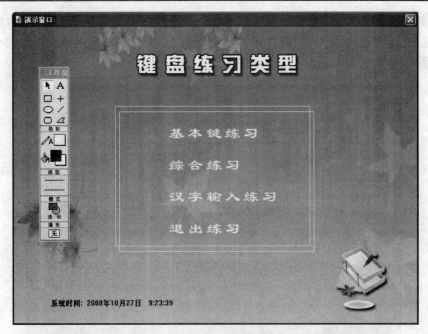

图 4-15　"系统时间"图标显示内容

4.3.2　主界面制作

（1）向"基本设置"图标下面拖放一个交互图标，命名为"交互类型"。

（2）向"交互类型"对话框右侧拖放一个计算图标，选择【热区域】交互类型，如图 4-16 所示。

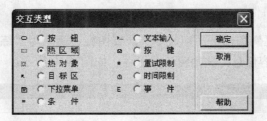

图 4-16　选择交互类型

（3）修改计算图标名称为"基本键练习"，打开【属性：判断图标】控制面板，设置【匹配】为"单击"，设置【鼠标】为"手型"，选择【交互】选项卡，设置【分支】为"退出交互"，如图 4-17 所示。

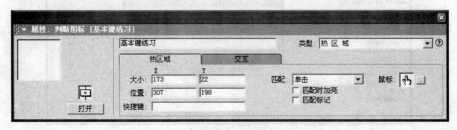

图 4-17　【属性：判断图标】控制面板

（4）向"基本键练习"图标右侧连续拖放 3 个计算图标，分别命名为"综合练习"、"汉字输入练习"和"退出练习"，双击打开"类型交互"图标，调整热区域交互的大小和位置，如图 4-18 所示。

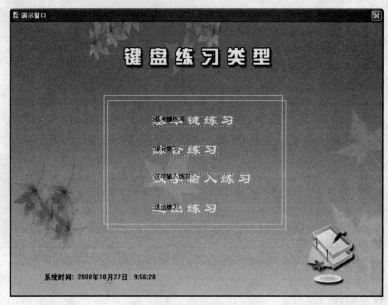

图 4-18　热区域交互位置

（5）分别打开"基本键练习"、"综合练习"、"汉字输入练习"和"退出练习"图标，向图标中输入"N1:=1"、"N1:=2"、"N1:=3"和"Quit(0)"变量与函数。

4.3.3　内容制作

（1）向"类型交互"图标下面拖放一个计算图标，命名为"练习赋值"，双击打开"练习赋值"图标，输入内容信息，关闭窗口并保存，如图 4-19 所示。

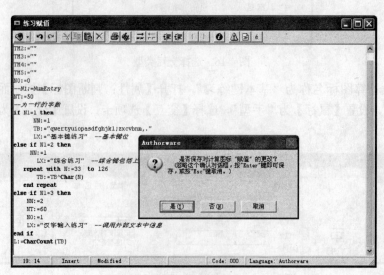

图 4-19　"练习赋值"图标中信息

（2）向"练习赋值"图标下面拖放一个显示图标，命名为"背景图片"，双击打开"背景图片"图标，选择【文件】/【导入和导出】/【导入媒体】菜单命令，插入背景图片，如图4-20所示。

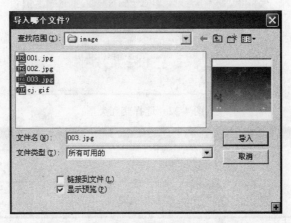

图 4-20　向"背景图片"图标中导入图片

（3）向"背景图片"图标下面拖放一个显示图标，命名为"练习类型提示"，双击打开"练习类型提示"图标，利用文本工具输入"{LX}"，利用选择工具调整文本样式和位置，如图 4-21 所示。

图 4-21　"练习类型提示"图标中文本样式和位置

（4）向"练习类型提示"图标下面拖放一个交互图标，命名为"控制"。

（5）向"控制"图标右侧拖放一个计算图标，选择【热区域】交互类型，如图 4-22 所示。

（6）修改计算图标名称为"返回"，打开【属性：判断图标】控制面板，在【热区域】选项卡中设置【匹配】为"单击"，设置【鼠标】为"手型"，选择【交互】选项卡，勾选【范围】的"永久"复选框，设置【擦除】为"在下一次输入之前"，设置【分支】为"返回"，如图 4-23 所示。

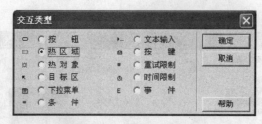

图 4-22 选择交互类型

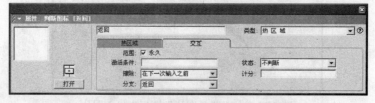

图 4-23 【属性：判断图标】控制面板

（7）双击打开"返回"图标，输入"GoTo(IconID@"界面")"关闭并保存，如图 4-24 所示。

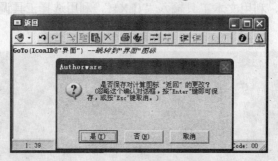

图 4-24 "返回"图标中信息

（8）向"返回"图标右侧拖放一个计算图标，命名为"退出"，双击打开输入 Quit(0)关闭并保存，如图 4-25 所示。

图 4-25 "退出"图标中信息

（9）双击打开"控制"图标，调整热区域交互大小和位置，如图 4-26 所示。

（10）向"控制"图标下面拖放一个决策图标，命名为"类型分支"，打开【属性：决策图标】控制面板，设置【重复】为"固定的循环次数"，【分支】为"计算分支结构"，变量为 NN，如图 4-27 所示。

图 4-26　热区域交互大小和位置

图 4-27　【属性：决策图标】控制面板

（11）向"类型分支"右侧拖放一个群组图标，命名为"综合练习"，双击打开"综合练习"图标，向流程线上拖放一个计算图标，命名为"综合练习抽题"，双击打开该图标输入内容信息，关闭窗口并保存，如图 4-28 所示。

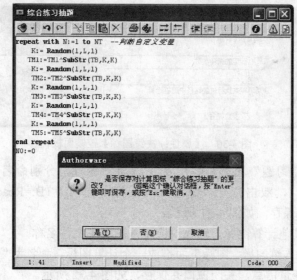

图 4-28　"综合练习抽题"图标中内容信息

（12）向"综合练习抽题"图标下面拖放一个显示图标，命名为"显示综合练习题"，双击打开该图标，利用文本工具分别输入"{TM1}"、"{TM2}"、"{TM3}"、"{TM4}"和"{TM5}"自定义变量，利用选择工具调整文本样式和位置，如图 4-29 所示。

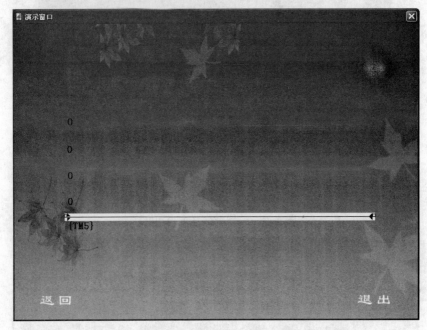

图 4-29   "显示综合练习题"中文本样式和位置

（13）向"综合练习"图标右侧拖放一个群组图标，命名为"汉字练习题"，双击打开"汉字练习题"图标，向流程线上拖放一个决策图标，命名为"汉字输入练习题"，打开【属性：决策图标】控制面板，设置【重复】为"固定的循环次数"，设置【分支】为"在未执行过的路径中随机选择"，如图 4-30 所示。

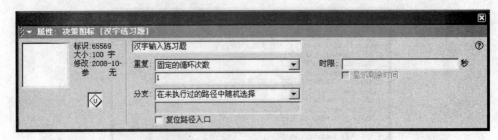

图 4-30   【属性：决策图标】控制面板

（14）向"汉字练习题"图标右侧拖放 7 个计算图标，分别命名为"练习一"、"练习二"、……、"练习七"，双击打开"练习一"图标，输入"TB:=ReadExtFile(FileLocation^"LX1.TXT")"，关闭并保存，如图 4-31 所示。

（15）分别打开其他计算图标，输入对应调入的文本文件名称。

（16）向"汉字输入练习题"图标下面拖放一个计算图标，命名为"出题"，双击打开"出题"图标，输入出题变量信息，关闭窗口并保存，如图 4-32 所示。

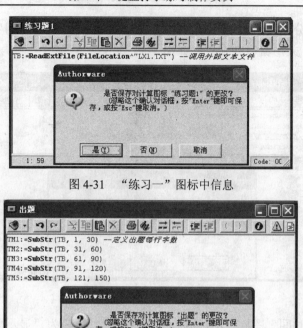

图 4-31 "练习一"图标中信息

图 4-32 "出题"图标中信息

（17）向"出题"图标下面拖放一个显示图标，命名为"输入汉字信息"，双击打开"输汉字入信息"图标，利用文本工具分别输入"{TM1}"、"{TM2}"、"{TM3}"、"{TM4}"和"{TM5}"自定义变量，利用选择工具调整文本样式和位置，如图 4-33 所示。

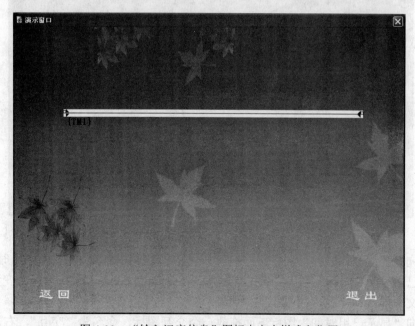

图 4-33 "输入汉字信息"图标中文本样式和位置

（18）向"类型分支"下面拖放一个计算图标，命名为"开始时间"，双击打开"开始时间"，输入内容信息，关闭窗口并保存，如图 4-34 所示。

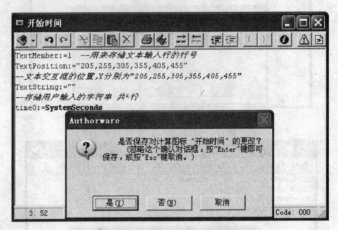

图 4-34　"开始时间"图标中信息

（19）向"开始时间"图标下面拖放一个显示图标，命名为"显示开始时间"，打开"显示开始时间"图标，利用文本工具输入"{FullTime}" 函数变量，利用选择工具调整文本样式和位置，如图 4-35 所示。

图 4-35　"显示开始时间"图标中文本样式和位置

（20）向"显示开始时间"图标下面拖放一个显示图标，命名为"显示已用时间"，双击打开"显示已用时间"图标，利用文本工具输入"{SystemSeconds-time0}"函数变量，利用选择工具调整文本样式和位置，如图 4-36 所示。

（21）向"显示已用时间"图标下面拖放一个交互图标，命名为"交互"，右击交互图标上，在弹出的快捷菜单中选择"计算"命令，在弹出的窗口中输入内容信息，关闭窗口并保存，如图 4-37 所示。

图 4-36　"显示已用时间"图标中文本样式和位置

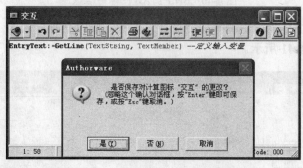

图 4-37　"交互"图标中计算功能信息

（22）向"交互"图标右侧拖放一个计算图标，选择【按键】交互类型，如图 4-38 所示。

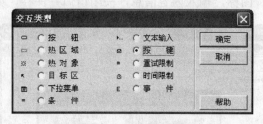

图 4-38　选择交互类型

（23）修改计算图标名称为 TAB，双击打开 TAB 图标，输入内容信息，如图 4-39 所示。

（24）向 TAB 图标右侧拖放一个计算图标，命名为 SHIFTTAB，双击打开 SHIFTTAB 图标，输入内容信息，关闭窗口并保存，如图 4-40 所示。

图 4-39　TAB 图标中信息

图 4-40　SHIFTTAB 图标中信息

（25）向 SHIFTTAB 图标右侧拖放一个计算图标，修改交互方式为"文本输入"，修改图标名称为"*"，如图 4-41 所示。

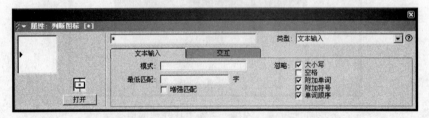

图 4-41　【属性：判断图标】控制面板

（26）双击打开"*"图标，输入内容信息，关闭窗口并保存，如图 4-42 所示。

图 4-42　"*"图标中信息

（27）向"*"图标右侧拖放一个群组图标，命名为 TextMember=6，打开【属性：判断图标】控制面板，修改【类型】为"条件"，设置【条件】为 TextMember=6，选择【交互】选项卡，设置【分支】为"退出交互"，如图 4-43 所示。

图 4-43　【属性：判断图标】控制面板

（28）向"交互"图标下面拖放一个计算图标，命名为"练习统计"，双击打开"练习统计"图标，输入内容信息，关闭窗口并保存，如图 4-44 所示。

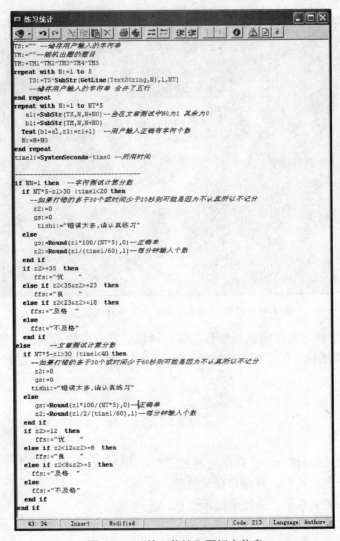

图 4-44　"练习统计"图标中信息

（29）向"练习统计"图标下面拖放一个擦除图标，命名为"擦除显示"，选择要擦除的图标，如图 4-45 所示。

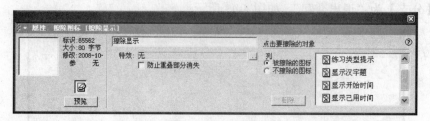

图 4-45　"擦除显示"图标属性面板

（30）向"擦除显示"图标下面拖放一个显示图标，命名为"显示结果"，双击打开"显示结果"图标，利用文本输入工具输入""{z2}"、"{gs}"、"{time1}"和"{ffs}""信息，利用选择工具调整文本样式和位置，如图 4-46 所示。

图 4-46　"显示结果"图标中文本样式和位置

至此"键盘打字练习制作实例"制作完成，可以运行程序进行测试。读者通过本章实例学习交互图标、计算图标、自定义变量等的应用，同时可根据需要进行修改外部文本文件练习汉字输入等。

扩展训练

根据本章实例扩展制作一个"打字速度测试"应用软件，要求：

（1）创建用户登录界面，并保存登录信息。

（2）建立输入文字界面，并显示提示信息。

（3）显示测试结果，并显示登录信息。

（4）显示所有登录测试信息。

第5章 通信录制作实例

通信录是一种常用的软件，用来记录朋友和客户的基本信息，本章将利用 Authorware 软件来制作一个简单的通信录。

5.1 实例简介与实例效果

5.1.1 实例简介

本实例应用显示图标、交互图标、判断图标、知识对象和决策图标等技术，并结合函数变量制作记事本保存录入信息，制作了一个简单的通信录。

5.1.2 实例效果

按照程序设计要求，本实例的完整效果如图 5-1 至图 5-5 所示。

图 5-1　主界面

图 5-2　添加个人信息界面

图 5-3　查看个人信息界面

图 5-4　浏览全部信息界面

图 5-5　退出程序提示

5.2　制作分析

5.2.1　制作特点

实例主要利用了显示图标、交互图标、判断图标、知识对象和函数变量等，并利用变量保存文本信息。

5.2.2　构图分析

为了在制作实例过程中有一个清晰的思路，设计本案例结构分析如图 5-6 所示。

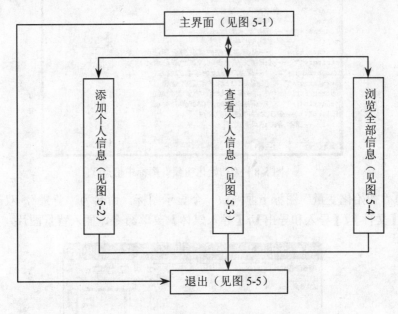

图 5-6　结构分析

5.3　制作过程

5.3.1　新建文档与属性设置

（1）新建一个文件，命名为"通讯录制作实例.a7p"，并将其文件保存。

（2）从主菜单中选择【修改】/【文件】/【属性】命令，打开【属性：文件】控制面板，设置【选项】属性为"显示标题栏"和"屏幕居中"，定义标题名称为"通讯录制作实例"，如图 5-7 所示。

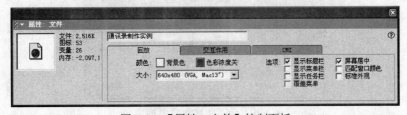

图 5-7　【属性：文件】控制面板

5.3.2　主界面制作

（1）向流程线上拖放一个计算图标，命名为"初始化变量"，双击打开"初始化变量"图标，输入内容信息，关闭窗口并保存，如图 5-8 所示。

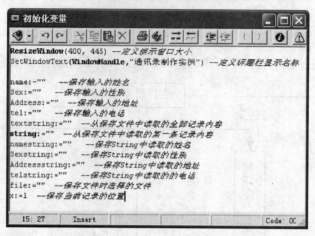

图 5-8 "初始化变量"图标中信息

（2）向"初始化变量"图标下面拖放一个显示图标，命名为"背景"，双击打开"背景"图标，选择【文件】/【导入和导出】/【导入媒体】菜单命令，插入背景图片，如图 5-9 所示。

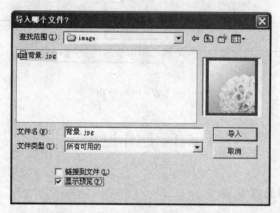

图 5-9 向"背景"图标中导入图片

（3）向"背景"图标下面拖放一个交互图标，命名为"信息管理"，向"信息管理"图标右侧拖放一个群组图标，选择【按钮】交互类型，如图 5-10 所示。

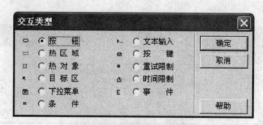

图 5-10 选择交互类型

（4）修改群组图标名称为"添加信息"，打开【属性：判断图标】控制面板，设置【鼠标】为"手型"，选择【交互】选项卡，设置【分支】为"继续"，如图 5-11 所示。

（5）向"添加信息"图标右侧连续拖放 3 个群组图标，分别命名为"读取信息"、"浏览信息"和"退出"，双击打开"信息管理"图标，调整按钮大小和排列位置，如图 5-12 所示。

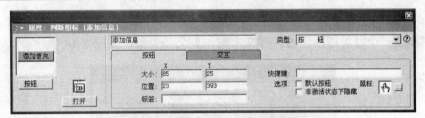

图 5-11 【属性：判断图标】控制面板

图 5-12 按钮的大小和位置

5.3.3 内容制作

（1）双击打开"添加信息"图标，向流程线上拖放一个显示图标，命名为"添加个人信息"，双击打开"添加个人信息"图标，利用文本工具输入提示信息文字，利用选择工具调整文本样式和位置，如图 5-13 所示。

图 5-13 "添加个人信息"图标中文本样式和位置

（2）向"添加个人信息"图标下面拖放一个交互图标，命名为"个人信息"，向"个人信息"右侧拖放一个群组图标，选择【文本输入】交互类型，如图 5-14 所示。

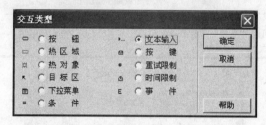

图 5-14　选择交互类型

（3）修改群组图标名为"*"，向流程线上拖放一个计算图标，命名为"赋值给姓名"，双击打开"赋值给姓名"图标，输入内容信息，关闭窗口并保存，如图 5-15 所示。

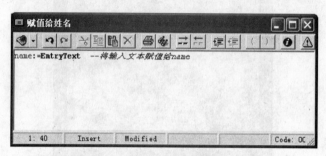

图 5-15　"赋值给姓名"图标中信息

（4）向"赋值给姓名"图标下面拖放一个交互图标，命名为"性别"，向"性别"图标右侧拖放一个群组图标。同样选择【文本输入】交互类型，修改群组图标名称为"*"。

（5）双击打开"*"图标，向流程线上拖放一个计算图标，命名为"赋值给性别"，双击打开"赋值给性别"图标，输入内容信息，关闭窗口并保存，如图 5-16 所示。

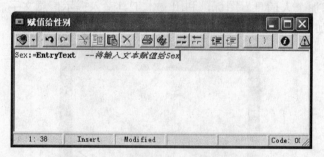

图 5-16　"赋值给性别"图标中信息

（6）向"赋值给性别"图标下面拖放一个交互图标，命名为"地址"，向"地址"图标右侧拖放一个群组图标。同样选择【文本输入】交互类型，修改群组图标名称为"*"。

（7）双击打开"*"图标，向流程线上拖放一个计算图标，命名为"赋值给地址"，双击打开"赋值给地址"图标，输入内容信息，关闭窗口并保存，如图 5-17 所示。

（8）向"赋值给地址"图标下面拖放一个交互图标，命名为"电话"，向"电话"图标右侧拖放一个群组图标。同样选择【文本输入】交互类型，修改群组图标名称为"*"。

图 5-17　"赋值给地址"图标中信息

（9）双击打开"＊"图标，向流程线上拖放一个计算图标，命名为"赋值给电话"，双击打开"赋值给电话"图标，输入内容信息，关闭窗口并保存，如图 5-18 所示。

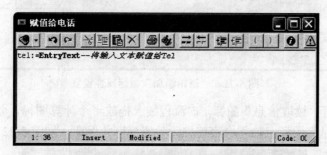

图 5-18　"赋值给电话"图标中信息

（10）设置所有交互图标属性中【分支】为"退出交互"，返回到第一层"＊"图标中，向流程线上拖放一个计算图标，命名为"保存文件"，双击打开"保存文件"图标，输入内容信息，关闭窗口并保存，如图 5-19 所示。

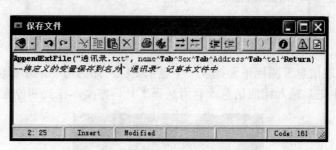

图 5-19　"保存文件"图标中信息

（11）返回到"添加信息"图标中，向"＊"图标右侧拖放一个计算图标，命名为"保存信息"，打开"保存信息"图标的【属性：判断图标】控制面板，修改【类型】为"按钮"，双击打开"保存信息"图标，输入内容信息同"保存文件"图标一样。

（12）向"保存信息"图标右侧拖放一个计算图标，命名为"清除重添"，双击打开"清除重添"图标，输入内容信息"GoTo(IconID@"个人信息")"，关闭窗口并保存，如图 5-20 所示。

（13）向"清除重添"图标右侧拖放一个擦除图标，命名为"退出添加"，打开"退出添加"图标的【属性：判断图标】控制面板，选择【交互】选项卡，设置【分支】为"退出交互"，打开"退出添加"属性面板，设置如图 5-21 所示。

图 5-20　"清除重添"图标中信息

图 5-21　"退出添加"图标属性设置

（14）双击打开"读取信息"图标，向流程线上拖放一个计算图标，命名为"读取信息"，双击打开"读取信息"图标，输入内容信息，关闭窗口并保存，如图 5-22 所示。

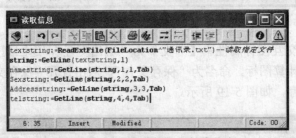

图 5-22　"读取信息"图标中信息

（15）向"读取信息"图标下面拖放一个显示图标，命名为"显示面板"，双击打开"显示面板"，利用文本工具输入相应信息，利用选择工具调整文本样式和位置，如图 5-23 所示。

图 5-23　"显示面板"图标中文本样式和位置

（16）向"显示面板"图标下面拖放一个交互图标，命名为"控制"，向"控制"图标右侧拖放一个计算图标，选择【按钮】交互类型，如图 5-24 所示。

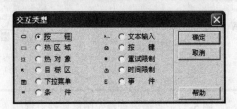

图 5-24　选择交互类型

（17）修改计算图标名称为"上一信息"，双击打开"上一信息"图标，输入内容信息，关闭窗口并保存，如图 5-25 所示。

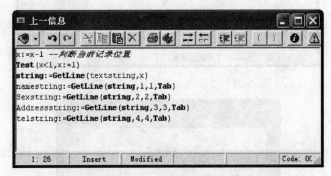

图 5-25　"上一信息"图标中信息

（18）向"上一信息"图标右侧拖放一个计算图标，命名为"下一信息"，双击打开"下一信息"图标，输入内容信息，关闭窗口并保存，如图 5-26 所示。

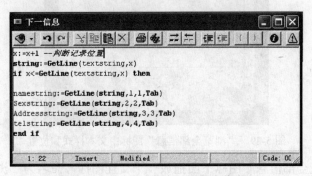

图 5-26　"下一信息"图标中信息

（19）向"下一信息"图标右侧拖放一个擦除图标，命名为"退出查看"，打开"退出查看"图标的【属性：判断图标】控制面板，选择【交互】选项卡，设置【分支】为"退出交互"，定义 "显示面板"图标作为擦除对象，如图 5-27 所示。

（20）双击打开"浏览信息"图标，向流程线上拖放一个计算图标，命名为"读取全部信息"，双击打开"读取全部信息"图标，输入内容信息，关闭窗口并保存，如图 5-28 所示。

（21）向"读取全部信息"图标下面拖放一个显示图标，命名为"浏览全部信息"，双击打开"浏览全部信息"图标，利用文本工具输入相应文本，利用选择工具调整文本样式和位置，如图 5-29 所示。

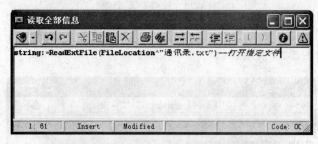

图 5-27　"退出查看"图标属性设置

图 5-28　"读取全部信息"图标中信息

图 5-29　"浏览全部信息"图标中文本样式和位置

（22）向"浏览全部信息"图标下面拖放一个交互图标，命名为"浏览显示"，向"浏览显示"图标右侧拖放一个群组图标，选择【按钮】交互类型，如图 5-30 所示。

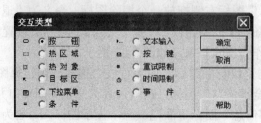

图 5-30　选择交互类型

（23）修改群组图标名称为"浏览文件"，双击打开"浏览文件"图标，向流程线上拖放一个知识对象 Open File Dialog Knowledge Object，打开知识对象向导，设置如图 5-31 至图 5-34 所示。

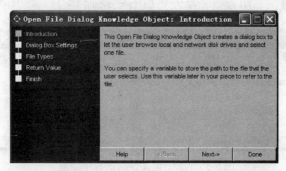

图 5-31　"Open File Dialog Knowledge Object:Introduction"向导窗口

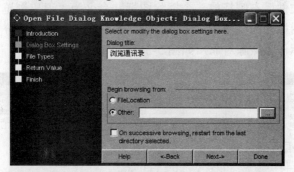

图 5-32　"Open File Dialog Knowledge Object:Dialog Box Settings"向导窗口

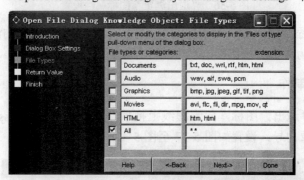

图 5-33　"Open File Dialog Knowledge Object:File Types"向导窗口

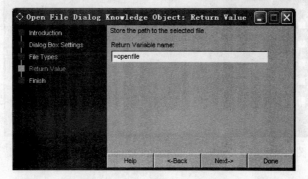

图 5-34　"Open File Dialog Knowledge Object:Return Value"向导窗口

（24）单击 Done 按钮完成知识对象 Open File Dialog Knowledge Object 向导设置。

（25）向知识对象 Open File Dialog Knowledge Object 下面拖放一个计算图标，命名为"浏览文件"，输入内容信息，关闭窗口并保存，如图 5-35 所示。

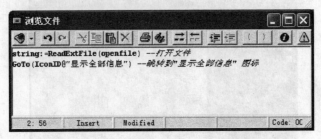

图 5-35　　"浏览文件"图标中信息

（26）向"浏览文件"右侧拖放一个擦除图标，命名为"退出浏览"，打开"退出浏览"图标的【属性：判断图标】控制面板，选择【交互】选项卡，设置【分支】为"退出交互"，定义"显示面板"图标作为擦除对象，如图 5-36 所示。

图 5-36　　"退出浏览"图标属性设置

（27）分别向"添加信息"、"查看信息"和"浏览信息"图标内的流程线起始位置添加一个擦除图标，命名为"擦除按钮"，设置擦除对象为所有按钮。

5.3.4　退出部分制作

（1）双击打开"退出"图标，向流程线上拖放一个知识对象 Message Box Knowledge Object，打开知识对象向导，设置如图 5-37 至图 5-41 所示。

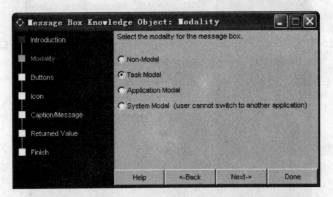

图 5-37　Message Box Knowledge Object:Modality 向导窗口

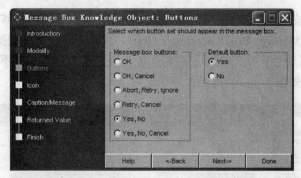

图 5-38 Message Box Knowledge Object:Buttons 向导窗口

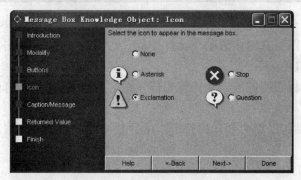

图 5-39 Message Box Knowledge Object:Icon 向导窗口

图 5-40 Message Box Knowledge Object:Caption/Message 向导窗口

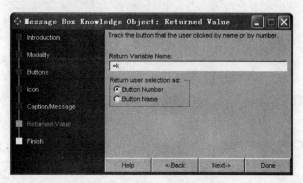

图 5-41 Message Box Knowledge Object:Returned Value 向导窗口

（2）单击 Done 按钮完成知识对象 Message Box Knowledge Object 向导设置。

（3）向知识对象 Message Box Knowledge Object 下面拖放一个决策图标，命名为"判断"，打开"判断"图标的【属性：决策图标】控制面板，设置【重复】为"不重复"，设置【分支】为"计算分支结构"，如图 5-42 所示。

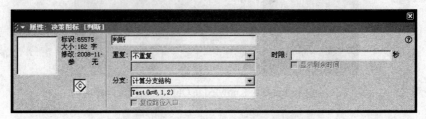

图 5-42　"判断"图标属性设置

（4）向"判断"图标右侧拖放一个计算图标，命名为"是"，双击打开"是"图标，输入 Quit（0），关闭窗口并保存。

（5）向"是"图标右侧拖放一个计算图标，命名为"否"，双击打开"否"图标，输入"- -返回前位置"。

至此，通信录的制作过程全部介绍完毕，运行程序可以测试添加信息、查看信息和浏览信息等功能。

扩展训练

根据本章实例扩展通信录功能，要求：

（1）有用户登录界面，并输入用户密码。

（2）添加一个删除信息功能。

第6章 屏幕保护程序制作实例

如今计算机屏幕保护程序非常多，Windows 也自带了一些屏幕保护程序，也可以到网上下载比较新潮的屏幕保护程序，下面通过 Authorware 软件来制作一个屏幕保护程序。

6.1 实例简介与实例效果

6.1.1 实例简介

本实例制作了一个屏幕保护程序，在 Authorware 中系统提供一些内部函数和外部函数综合利用制作出实例。

6.1.2 实例效果

按照设计要求，本实例的完整效果如图 6-1 所示。

图 6-1 实例效果

6.2 制作分析

6.2.1 制作特点

实例主要利用函数变量调用外部文件和判断图标位置，通过控件插入动画文件实现屏幕保护动画效果。

6.2.2 构图分析

为了在制作实例过程中有一个清晰的思路，设计本案例结构分析如图 6-2 所示。

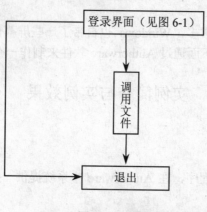

图 6-2 结构分析

6.3 制作过程

6.3.1 新建文档与属性设置

（1）新建一个文件，命名为"自制屏幕保护实例.a7p"，并将其文件保存。

（2）从主菜单中选择【修改】/【文件】/【属性】命令，打开【属性：文件】控制面板，设置【大小】为 1024×768（SVGA，Mac17"），设置【选项】属性为"屏幕居中"，定义标题名称为"自制屏幕保护实例"，如图 6-3 所示。

图 6-3 【属性：文件】控制面板

6.3.2 主界面制作

（1）向流程线上拖放一个计算图标，命名为"函数初始化"，打开函数对话窗口载入外部函数 Cover.u32，如图 6-4 所示。

（2）应用同样的方法载入 Midiloop.u32 函数，如图 6-5 所示。

图 6-4　载入外部函数

图 6-5　函数列表中外部函数

（3）双击打开"函数初始化"图标，输入内容信息，关闭窗口并保存，如图 6-6 所示。

图 6-6　"函数初始化"图标中信息

（4）向"函数初始化"图标下面插入一个控件，从主菜单中选择【插入】/【媒体】/【属性】命令，弹出 Animated GIF Asset Properties 对话框，导入 GIF 文件，如图 6-7 所示。

（5）修改控件图标名称为"天使"。

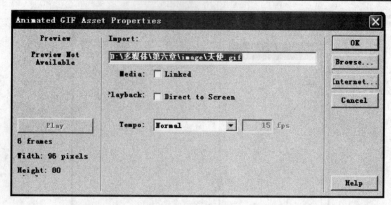

图 6-7　Animated GIF Asset Properties 对话框设置

6.3.3　内容制作

　　（1）向"天使"图标下面拖放一个交互图标，命名为"屏幕保护"，向"屏幕保护"图标右侧拖放一个群组图标，选择【条件】交互类型，如图 6-8 所示。

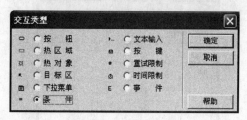

图 6-8　选择交互类型

　　（2）打开群组图标的【属性：判断图标】控制面板，设置【条件】为 TRUE，设置【自动】为"为真"，如图 6-9 所示。

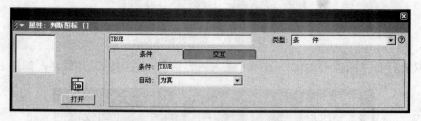

图 6-9　【属性：判断图标】控制面板

　　（3）双击 TRUE 图标，向流程线上拖放一个计算图标，命名为"判断天使位置"，双击打开"判断天使位置"图标，输入内容信息，关闭窗口并保存，如图 6-10 所示。

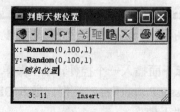

图 6-10　"判断天使位置"图标中信息

（4）向"判断天使位置"图标下面拖放一个移动图标，命名为"移动天使"，打开"移动天使"图标属性面板，选择"天使"图标作为移动对象，设置【定时】为"速率"，时间为0.5；设置【类型】为"指向固定区域内的某点"，设置区域为"整个显示窗口"，设置【目标】坐标为（x,y），如图 6-11 所示。

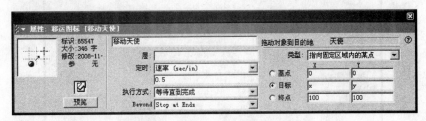

图 6-11　"移动天使"图标属性设置

6.3.4　退出部分制作

（1）向 TRUE 图标右侧拖放一个计算图标，打开计算图标的【属性：判断图标】控制面板，修改图标名称为"退出屏保"，修改【类型】为"热区域"，设置【大小】为（1024，768），【位置】为（0,0）；设置【匹配】为"指针处于指定区域内"，选择【交互】选项卡，设置【范围】为"永久"，如图 6-12 所示。

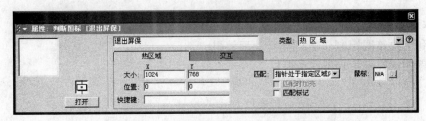

图 6-12　【属性：判断图标】控制面板

（2）双击打开"退出屏保"图标，输入内容信息，关闭窗口并保存，如图 6-13 所示，

（3）从菜单栏中选择【文件】/【发布】/【打包】命令，弹出【打包文件】对话框，设置如图 6-14 所示。

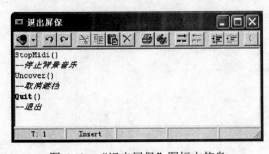

图 6-13　"退出屏保"图标中信息

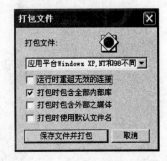

图 6-14　【打包文件】对话框

（4）单击"保存文件并打包"按钮，弹出【打包文件为】对话框，在【保存类型】中选择"全部文件"，修改文件名称为"自制屏幕保护实例.scr"，如图 6-15 所示。

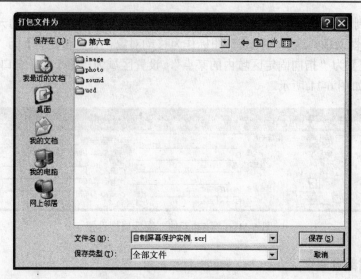

图 6-15　【打包文件为】对话框

至此，屏幕保护软件的制作过程全部介绍完毕，运行程序可以测试屏幕保护效果。

扩展训练

根据本章实例扩展制作屏幕保护功能，要求：

（1）利用决策图标制作随机显示动画效果。

（2）添加密码保护功能。

第7章 多级菜单与快捷菜单制作实例

人们在软件应用过程中对菜单功能都很熟悉，Authorware 软件通过交互图标、计算图标和函数变量等同样可以制作出 Windows 菜单效果，下面就进行介绍。

7.1 实例简介与实例效果

7.1.1 实例简介

本实例是以制作《多级菜单与快捷菜单制作实例》为例，应用显示图标、交互图标、判断图标和函数变量制作完成。

7.1.2 实例效果

本实例按照菜单设计要求，本实例的完整效果如图 7-1 和图 7-2 所示。

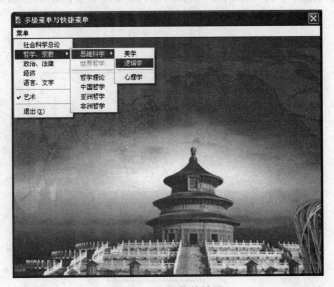

图 7-1 多级菜单效果

7.2 制作分析

7.2.1 制作特点

实例主要利用显示图标、交互图标、计算图标及函数变量等，最终实现级联菜单和快捷菜单效果。

图 7-2　快捷菜单效果

7.2.2　构图分析

为了在制作实例过程中有一个清晰的思路，为此设计本案例结构分析图，如图 7-3 所示。

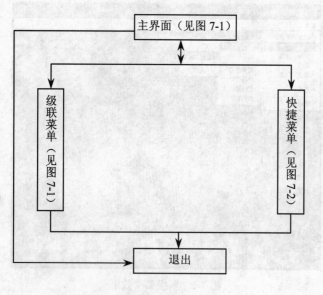

图 7-3　结构分析

7.3　制作过程

7.3.1　新建文档与片头制作

（1）新建一个文件，命名为"多级菜单与快捷菜单制作实例.a7p"，并将其文件保存。

（2）从主菜单中选择【修改】/【文件】/【属性】命令，打开【属性：文件】控制面板，设置【大小】属性为"根据变量"，设置【选项】属性为"显示标题栏"和"显示菜单栏"，定义标题名称为"多级菜单与快捷菜单制作实例"，如图 7-4 所示。

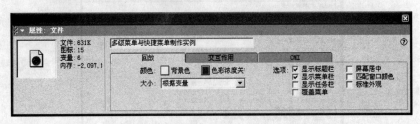

图 7-4　【属性：文件】控制面板

7.3.2　主界面制作

（1）向流程线上拖放一个计算图标，命名为"初始化窗口"，双击打开"初始化窗口"图标，输入内容信息，关闭窗口并保存，如图 7-5 所示。

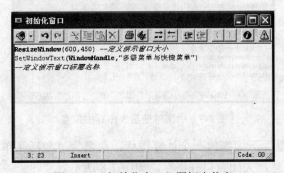

图 7-5　"初始化窗口"图标中信息

（2）向"初始化窗口"图标下面拖放一个显示图标，命名为"背景图片"，双击打开"背景图片"图标，选择【文件】/【导入和导出】/【导入媒体】菜单命令，插入背景图片，如图 7-6 所示。

图 7-6　向"背景图片"图标中导入图片

（3）向"背景图片"图标下面拖放一个计算图标，命名为"菜单变量"，双击打开"菜单变量"图标，输入关于定义菜单内容信息，关闭窗口并保存，如图 7-7 所示。

图 7-7 "菜单变量"图标中信息

（4）向"菜单变量"下面拖放一个计算图标，命名为"激活菜单"，双击打开"激活菜单"图标，输入内容信息，关闭窗口并保存，如图 7-8 所示。

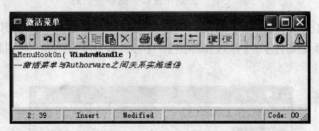

图 7-8 "激活菜单"图标中信息

（5）向"激活菜单"图标下面拖放一个交互图标，命名为"文件"，向"文件"图标右侧拖放一个群组图标，选择【下拉菜单】交互类型，如图 7-9 所示。

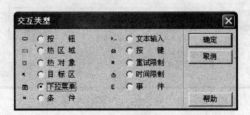

图 7-9 选择交互类型

（6）修改群组图标名称为"演示"，打开【属性：判断图标】控制面板，选择【交互】
选项卡，选中【范围】后的"永久"复选框，设置【分支】为"退出交互"，如图7-10所示。

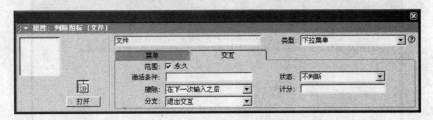

图7-10 【属性：判断图标】控制面板

（7）向"文件"图标下面拖放一个擦除图标，命名为"擦除文件菜单"，如图7-11所示。

图7-11 "擦除文件菜单"图标属性设置

7.3.3 内容制作

（1）向"擦除文件菜单"图标下面拖放一个交互图标，命名为"菜单"，向"菜单"图
标右侧拖放一个群组图标，选择【下拉菜单】交互类型，如图7-12所示。

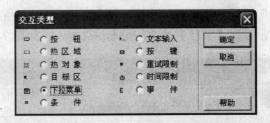

图7-12 选择交互类型

（2）修改群组图标名为"级联菜单"，打开【属性：判断图标】控制面板，选择【交互】
选项卡，选中【范围】后的"永久"复选框，设置【分支】为"返回"，如图7-13所示。

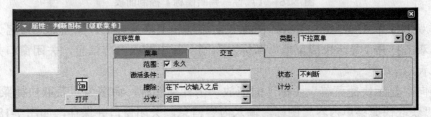

图7-13 【属性：判断图标】控制面板

（3）双击打开"级联菜单"图标，向流程线上拖放一个计算图标，命名为"显示菜单"，

双击打开"显示菜单"，在同一行中输入内容信息，关闭窗口并保存，如图 7-14 所示。

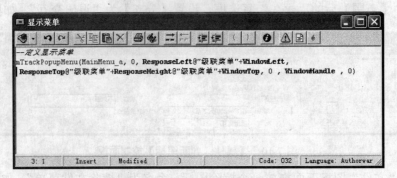

图 7-14 "显示菜单"图标中信息

（4）向"显示菜单"图标下面拖放一个计算图标，命名为"获得内容"，双击打开"获得内容"图标，输入内容信息，关闭窗口并保存，如图 7-15 所示。

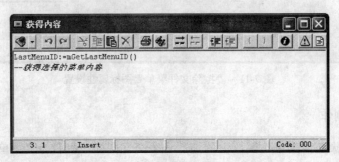

图 7-15 "获得内容"图标中信息

（5）向"级联菜单"图标右侧拖放一个群组图标，打开【属性：判断图标】控制面板，修改【类型】为"条件"，设置【条件】为 RightMouseDown，如图 7-16 所示。

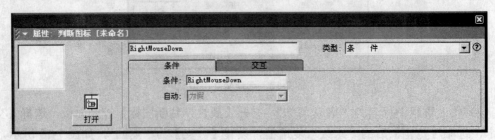

图 7-16 【属性：判断图标】控制面板

（6）双击打开 RightMouseDown 图标，向流程线上拖放一个计算图标，命名为"显示快捷菜单"，双击打开"显示快捷菜单"图标，在同一行中输入内容信息，关闭窗口并保存，如图 7-17 所示。

（7）向"显示快捷菜单"图标下面拖放一个计算图标，命名为"获取快捷菜单内容"，双击打开"获取快捷菜单内容"图标，输入内容信息，关闭窗口并保存，如图 7-18 所示。

（8）向 RightMouseDown 图标右侧拖放一个计算图标，打开【属性：判断图标】控制面板，修改【类型】为"条件"，设置【条件】为 LastMenuID+Sec<>Sec，如图 7-19 所示。

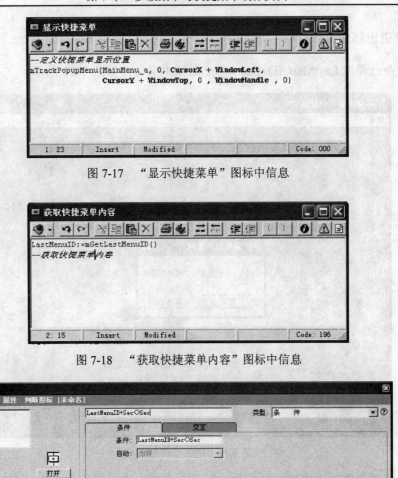

图 7-17 "显示快捷菜单"图标中信息

图 7-18 "获取快捷菜单内容"图标中信息

图 7-19 【属性：判断图标】控制面板

（9）双击打开 LastMenuID+Sec<>Sec 图标，输入内容信息，关闭窗口并保存，如图 7-20 所示。

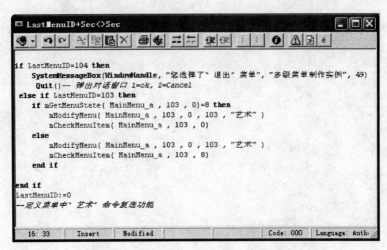

图 7-20 LastMenuID+Sec<>Sec 图标中信息

7.3.4 退出部分制作

退出命令已经在 LastMenuID+Sec<>Sec 图标中定义，如图 7-21 所示。

图 7-21 退出程序对话框

至此，多级菜单与快捷菜单的制作过程全部介绍完毕，运行程序可以测试多级菜单和快捷菜单效果。

扩展训练

根据本章实例扩展制作一个程序，要求：单击菜单命令和快捷菜单命令执行对应内容。

第 8 章　驾驶员理论模拟考试系统制作实例

在日常工作生活中会遇到各种各样的考试，本章通过 Authorware 多媒体制作工具来制作驾驶员理论模拟考试系统，在制作过程中会用到计算图标、框架图标、交互图标和导航图标等图标的应用，并且应用函数变量调用数据库中考试试题。

8.1　实例简介与实例效果

8.1.1　实例简介

本实例是以制作"驾驶员理论模拟考试系统"为例，应用显示图标、交互图标、框架图标、导航图标和决策图标，并结合函数变量调用数据库中考试题和存储考试信息等。

8.1.2　实例效果

按照实际考试要求，实例完整效果如图 8-1 至图 8-5 所示。

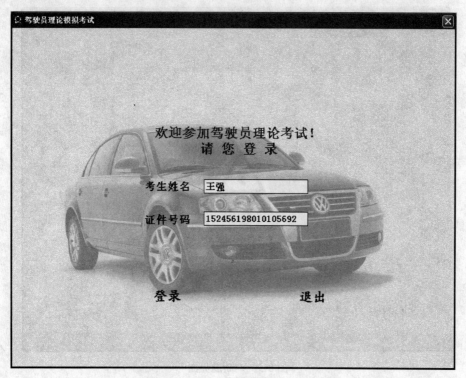

图 8-1　登录界面

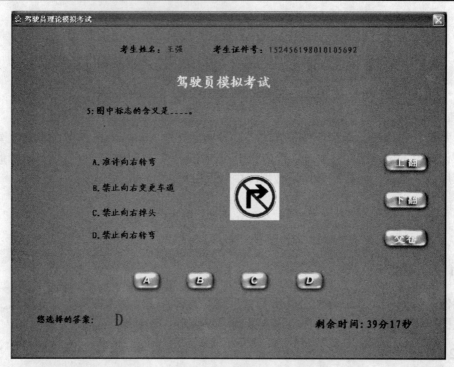

图 8-2　选择题界面

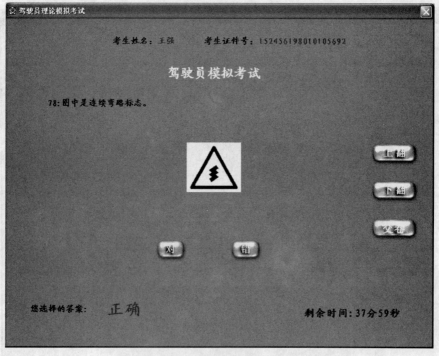

图 8-3　判断题界面

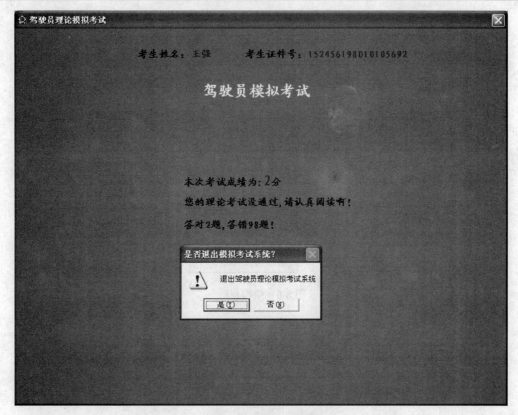

图 8-4　交卷评分界面

图 8-5　退出界面

8.2　制作分析

8.2.1　制作特点

实例主要利用函数变量随机调用数据库中考试题（选择题 60 道、判断题 40 道），90 分为及格分，并且将考生信息记录到数据库中。

8.2.2　结构分析

为了在制作实例过程中有一个清晰的思路，设计本案例结构分析如图 8-6 所示。

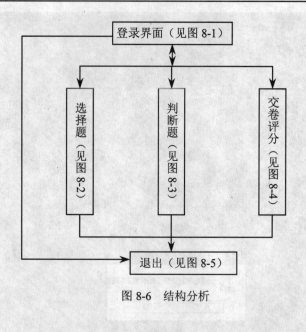

图 8-6   结构分析

8.3   制作过程

8.3.1   新建文档与属性设置

（1）新建一个文件，命名为"驾驶员理论模拟考试系统实例.a7p"，并将其文件保存。

（2）从主菜单中选择【修改】/【文件】/【属性】命令，打开【属性：文件】控制面板，设置【选项】属性为"显示标题栏"和"屏幕居中"，定义标题名称为"驾驶员理论模拟考试系统实例"，如图 8-7 所示。

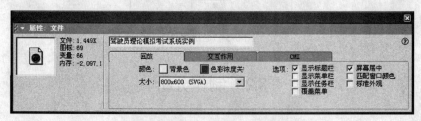

图 8-7   【属性：文件】控制面板

8.3.2   主界面制作

（1）向流程线上拖放一个计算图标，命名为"初始化变量"，双击打开"初始化变量"图标，输入内容信息，关闭窗口并保存，如图 8-8 所示。

（2）向"初始化变量"图标下面拖放一个群组图标，命名为"考生登录"，双击打开"考生登录"图标。

（3）向流程线上拖放一个显示图标，命名为"背景图片"，双击打开"背景图片"图标，选择【文件】/【导入和导出】/【导入媒体】菜单命令，插入背景图片，如图 8-9 所示。

图 8-8　"初始化变量"图标中信息

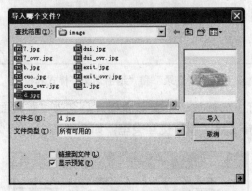

图 8-9　向"背景图片"图标中导入图片

（4）利用文本工具输入文字提示信息，利用选择工具调整文本样式和位置，如图 8-10 所示。

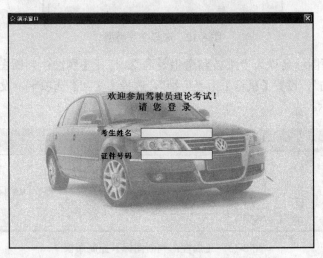

图 8-10　"背景图片"图标中文本样式和位置

（5）向"背景图片"图标下面拖放两个显示图标，分别命名为"登录"和"退出"，利用文本工具输入相应的文字，并利用选择工具调整文本样式和位置，如图 8-11 所示。

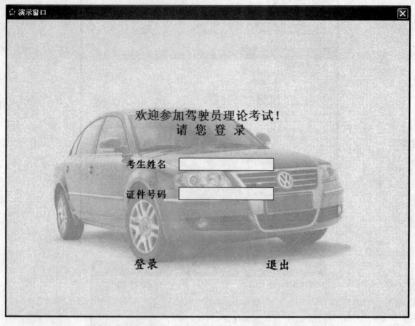

图 8-11 "登录"和"退出"文字样式和位置

（6）向"退出"图标下面拖放一个交互图标，命名为"登录面板"，向"登录面板"右侧拖放一个计算图标，选择【热区域】交互类型，如图 8-12 所示。

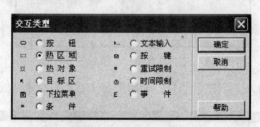

图 8-12 选择交互类型

（7）修改计算图标名称为"跳转到考生姓名"，打开【属性：判断图标】控制面板，设置【匹配】为"单击"，设置【鼠标】为"手型"，选择【交互】选项卡，设置【范围】为"永久"，如图 8-13 所示。

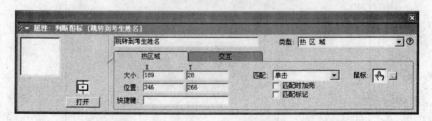

图 8-13 【属性：判断图标】控制面板

（8）向"跳转到考生姓名"右侧拖放 3 个计算图标，分别命名为"跳转到证件号码"，"登录按钮"和"退出按钮"。

（9）分别打开"登录按钮"和"退出按钮"的【属性：判断图标】控制面板，修改【类型】为"热对象"，选择"登录"图标和"退出"图标分别作为热对象，如图 8-14 所示。

图 8-14　【属性：判断图标】控制面板

（10）双击打开"登录面板"，调整"跳转到考生姓名"和"跳转到证件号码"热区域交互位置，如图 8-15 所示。

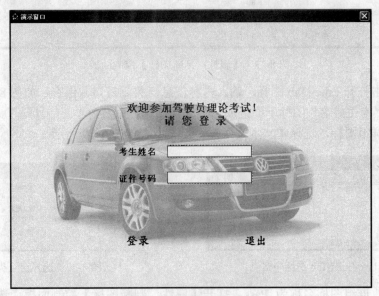

图 8-15　热区域交互位置

（11）向"登录面板"图标下面拖放一个交互图标，命名为"考生姓名"，向"考生姓名"右侧拖放一个群组图标，选择【文本输入】交互类型，如图 8-16 所示。

图 8-16　选择交互类型

（12）修改群组图标名称为"Name"，打开【属性：判断图标】控制面板，选择【交互】选项卡，设置【分支】为"继续"，如图 8-17 所示。

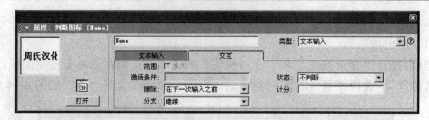

图 8-17　【属性：判断图标】控制面板

（13）向 Name 图标右侧拖放一个计算图标，命名为 Enter|Tab，打开【属性：判断图标】控制面板，设置【类型】为"按键"，选择【交互】选项卡，设置【分支】为"退出交互"，如图 8-18 所示。

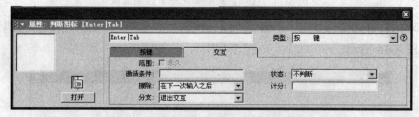

图 8-18　【属性：判断图标】控制面板

（14）双击打开 Enter|Tab 图标，输入内容信息，关闭窗口并保存，如图 8-19 所示。

（15）向"考生姓名"图标下面拖放一个交互图标，命名为"证件号码"，向"证件号码"右侧拖放一个群组图标，选择【文本输入】交互类型，如图 8-20 所示。

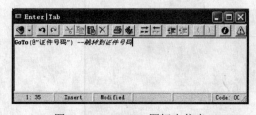

图 8-19　Enter|Tab 图标中信息

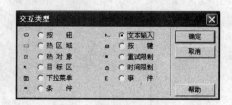

图 8-20　选择交互类型

（16）修改群组图标名称为 Pass，打开【属性：判断图标】控制面板，选择【交互】选项卡，设置【分支】为"继续"，如图 8-21 所示。

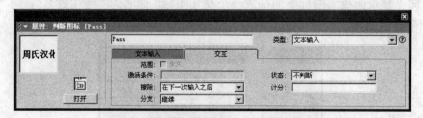

图 8-21　【属性：判断图标】控制面板

（17）向 Pass 图标右侧拖放一个计算图标，命名为 SHIFTTAB|Enter，打开【属性：判断图标】控制面板，设置【类型】为"按键"，选择【交互】选项卡，设置【分支】为"退出交互"，如图 8-22 所示。

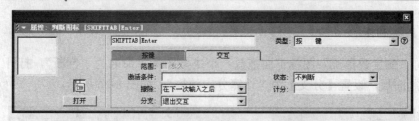

图 8-22 【属性：判断图标】控制面板

（18）双击打开 SHIFTTAB|Ente 图标，输入内容信息，关闭窗口并保存，如图 8-23 所示。

图 8-23 SHIFTTAB|Enter 图标中信息

（19）向"证件号码"图标下面拖放一个计算图标，命名为"登录信息"，双击打开"登录信息"图标，输入内容信息，关闭窗口并保存，如图 8-24 所示。

图 8-24 "登录信息"图标中信息

（20）双击打开"跳转到考生姓名"图标，输入"GoTo()"关闭并保存；双击打开"跳转到证件号码"图标，输入"GoTo(@"证件号码")"，关闭并保存；双击打开"登录按钮"图标，输入"GoTo(@"登录信息")"，关闭并保存；双击打开"退出按钮"图标，输入"Quit()"关闭并保存。

（21）向"考生登录"图标下面拖放一个计算图标，命名为"配置数据源"，双击打开"配置数据源"图标，输入内容信息，关闭窗口并保存，如图 8-25 所示。

图 8-25 "配置数据源"图标中信息

8.3.3　内容制作

（1）向"配置数据源"图标下面拖放一个决策图标，命名为"判断"，打开【属性：决策图标】控制面板，设置【分支】为"计算分支结构"，如图 8-26 所示。

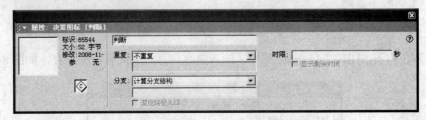

图 8-26　【属性：决策图标】控制面板

（2）向"判断"图标右侧拖放 3 个计算图标，分别命名为"数据"、"随机数值"和"组织试题"，打开【属性：计算图标】控制面板，都设置为"包含编写的函数"，分别双击打开"数据"、"随机数值"和"组织试题"图标，输入内容信息，关闭窗口并保存，分别如图 8-27、图 8-28、图 8-29 所示。

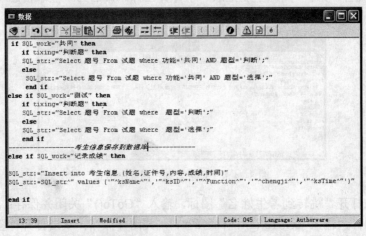

图 8-27　"数据"图标中信息

图 8-28　"随机数值"图标中信息

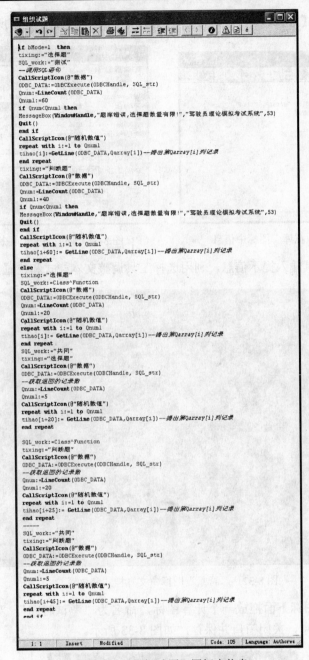

```
if bMode=1  then
tixing:="选择题"
SQL_work:="面试"
--调用SQL语句
CallScriptIcon(@"数据")
ODBC_DATA:=ODBCExecute(ODBCHandle, SQL_str)
Qnum:=LineCount(ODBC_DATA)
Qnum1:=60
if Qnum<Qnum1 then
MessageBox(WindowHandle,"题库错误,选择题数量有限!","驾驶员理论模拟考试系统",53)
Quit()
end if
CallScriptIcon(@"随机数值")
repeat with i:=1 to Qnum1
tihao[i]:=GetLine(ODBC_DATA,Qarray[i])--摘出第Qarray[i]列记录
end repeat
tixing:="判断题"
CallScriptIcon(@"数据")
ODBC_DATA:=ODBCExecute(ODBCHandle, SQL_str)
Qnum:=LineCount(ODBC_DATA)
Qnum1:=40
if Qnum<Qnum1 then
MessageBox(WindowHandle,"题库错误,选择题数量有限!","驾驶员理论模拟考试系统",53)
Quit()
end if
CallScriptIcon(@"随机数值")
repeat with i:=1 to Qnum1
tihao[i+60]:= GetLine(ODBC_DATA,Qarray[i])--摘出第Qarray[i]列记录
end repeat
else
tixing:="选择题"
SQL_work:=Class^Function
CallScriptIcon(@"数据")
ODBC_DATA:=ODBCExecute(ODBCHandle, SQL_str)
Qnum:=LineCount(ODBC_DATA)
Qnum1:=20
CallScriptIcon(@"随机数值")
repeat with i:=1 to Qnum1
tihao[i]:= GetLine(ODBC_DATA,Qarray[i])--摘出第Qarray[i]列记录
end repeat
SQL_work:="共同"
tixing:="选择题"
CallScriptIcon(@"数据")
ODBC_DATA:=ODBCExecute(ODBCHandle, SQL_str)
--获取返回的记录数
Qnum:=LineCount(ODBC_DATA)
Qnum1:=5
CallScriptIcon(@"随机数值")
repeat with i:=1 to Qnum1
tihao[i+20]:= GetLine(ODBC_DATA,Qarray[i])--摘出第Qarray[i]列记录
end repeat

SQL_work:=Class^Function
tixing:="判断题"
CallScriptIcon(@"数据")
ODBC_DATA:=ODBCExecute(ODBCHandle, SQL_str)
--获取返回的记录数
Qnum:=LineCount(ODBC_DATA)
Qnum1:=20
CallScriptIcon(@"随机数值")
repeat with i:=1 to Qnum1
tihao[i+25]:= GetLine(ODBC_DATA,Qarray[i])--摘出第Qarray[i]列记录
end repeat
------
SQL_work:="共同"
tixing:="判断题"
CallScriptIcon(@"数据")
ODBC_DATA:=ODBCExecute(ODBCHandle, SQL_str)
--获取返回的记录数
Qnum:=LineCount(ODBC_DATA)
Qnum1:=5
CallScriptIcon(@"随机数值")
repeat with i:=1 to Qnum1
tihao[i+45]:= GetLine(ODBC_DATA,Qarray[i])--摘出第Qarray[i]列记录
end repeat
end if
```

```
1: 1       Insert    Modified                        Code: 105   Language: Authorwe
```

图 8-29　"组织试题"图标中信息

（3）向"配置数据源"图标下面拖放一个计算图标，命名为"连接数据库"，双击打开"连接数据库"图标，输入内容信息，关闭窗口并保存，如图 8-30 所示。

（4）向"连接数据库"图标下面拖放一个框架图标，命名为"随机出题"，向"随机出题"图标右侧拖放 3 个群组图标，分别命名为"选择题"、"判断题"和"交卷评分"。双击打开"随机出题"图标，删除流程线上所有图标。

（5）向流程线上拖放一个显示图标，命名为"背景"，双击打开"背景"图标，选择【文

件】/【导入和导出】/【导入媒体】菜单命令，插入背景图片，如图 8-31 所示。

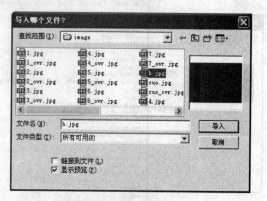

<table>
<tr><td>图 8-30　"连接数据库"图标中信息</td><td>图 8-31　向"背景"图标中导入图片</td></tr>
</table>

（6）利用文本工具输入提示信息，利用选择工具调整文本样式和位置，如图 8-32 所示。

图 8-32　"背景"图标中文本样式和位置

（7）向"背景"图标下面拖放一个计算图标，命名为"考试时间"，双击打开"考试时间"图标，输入内容信息，关闭窗口并保存，如图 8-33 所示。

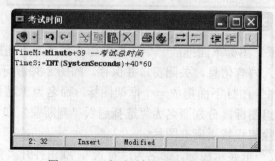

图 8-33　"考试时间"图标中信息

（8）向"考试时间"图标下面拖放一个交互图标，命名为"按钮交互"，在"按钮交互"图标上右击，在弹出的快捷菜单中选择【计算】命令，在弹出窗口中输入内容信息，关闭窗口并保存，如图 8-34 所示。

图 8-34　"按钮交互"图标计算部分内容信息

（9）向"按钮交互"右侧拖放一个导航图标，选择【按钮】交互类型，如图 8-35 所示。

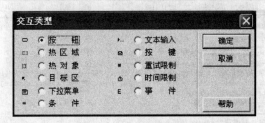

图 8-35　选择交互类型

（10）修改导航图标名称为"上翻"，打开"上翻"图标的【属性：判断图标】控制面板，选择【交互】选项卡，设置【范围】为"永久"，【条件】为"iChoice<>1"，【分支】为"返回"，通过单击"按钮"按钮自定义按钮形状，如图 8-36 所示。

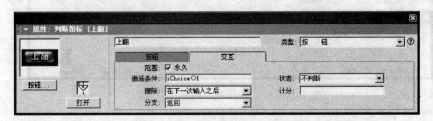

图 8-36　"上翻"图标的【属性：判断图标】控制面板

（11）向"上翻"右侧拖放一个导航图标，命名为"下翻"，属性设置如图 8-37 所示。

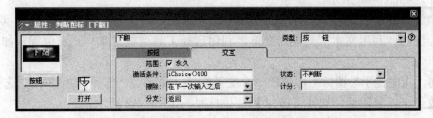

图 8-37　"下翻"图标的【属性：判断图标】控制面板

（12）向"下翻"图标右侧拖放两个导航图标，分别命名为"交卷评分"和"退出"，并自定义按钮，设置导航跳转到"交卷评分"图标，如图 8-38 所示。

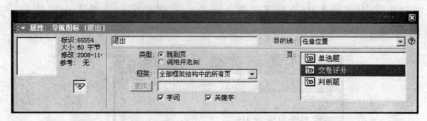

图 8-38　"退出"图标导航设置

（13）双击打开"选择题"图标，向流程线上拖放一个计算图标，命名为"抽选择题"，双击打开"抽选择题"图标，输入内容信息，关闭窗口并保存，如图 8-39 所示。

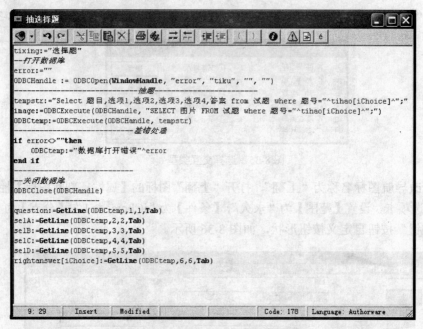

图 8-39　"抽选择题"图标中信息

（14）向"抽选择题"图标下面拖放一个显示图标，命名为"选择试题内容"，双击打开"选择试题内容"图标，利用文本工具输入变量，利用选择工具调整文本样式和位置，并插入外部连接图片，如图 8-40 所示。

（15）向"选择试题内容"图标下面拖放一个显示图标，命名为"实时提示"，双击打开"实时提示"图标，利用文本工具输入变量，利用选择工具调整文本样式和位置，如图 8-41 所示。

（16）向"实时提示"图标下面拖放一个交互图标，命名为"选择答案"，向"选择答案"图标右侧拖放一个计算图标，选择【按钮】交互类型，如图 8-42 所示。

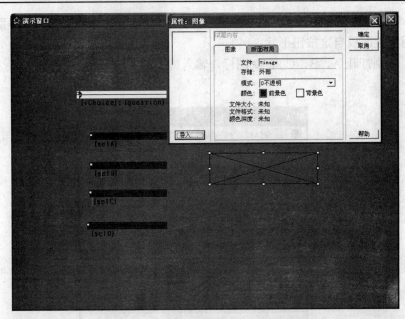

图 8-40　"选择试题内容"图标中变量

图 8-41　"实时提示"图标中变量

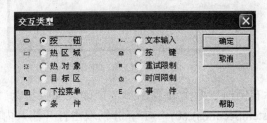

图 8-42　选择交互类型

（17）修改计算图标名称为 A，继续向 A 图标右侧拖放 3 个计算图标，分别命名为 B、C、和 D，利用属性面板自定按钮形状。

（18）分别打开 A、B、C 和 D 图标，输入内容信息，关闭窗口并保存，如图 8-43 至图 8-46 所示。

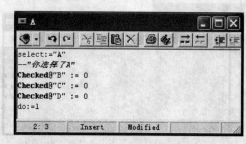

图 8-43　A 图标中信息

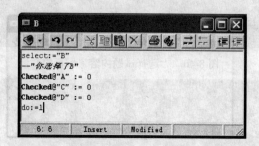

图 8-44　B 图标中信息

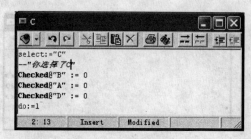

图 8-45　C 图标中信息

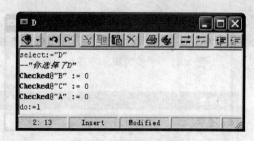

图 8-46　D 图标中信息

（19）向 D 图标右侧拖放两个计算图标，修改交互类型为"条件"，并改名为 do 和 "MOD(TimeS-INT(SystemSeconds),60)<=-1"，分别双击打开输入内容信息，关闭窗口并保存，如图 8-47、图 8-48 所示。

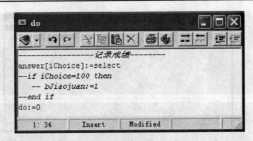

图 8-47 do 图标中信息

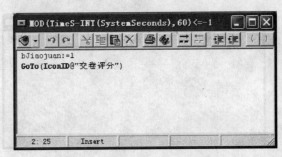

图 8-48 "MOD(TimeS-INT(SystemSeconds),60)<=-1" 图标中信息

（20）双击打开"判断题"图标，向流程线上拖放一个计算图标，命名为"抽判断题"，双击打开"抽判断题"图标，输入内容信息，关闭窗口并保存，如图 8-49 所示。

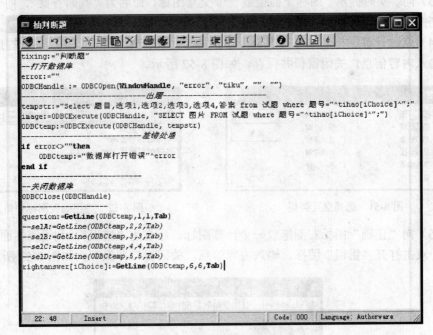

图 8-49 "抽判断题"图标中信息

（21）向"抽判断题"图标下面拖放一个显示图标，命名为"判断试题内容"，双击打开"判断试题内容"图标，利用文本工具输入变量，利用选择工具调整文本样式和位置，并插入外部连接图片，如图 8-50 所示。

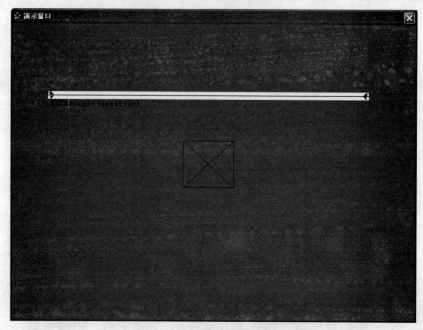

图 8-50　"判断试题内容"图标中变量

（22）将"选择题"图标中的"实时提示"图标复制到"判断试题内容"图标下面。

（23）向"实时提示"图标下面拖放一个交互图标，命名为"判断答案"，向"判断答案"图标右侧拖放一个计算图标，选择【按钮】交互类型，如图 8-51 所示。

（24）修改计算图标名称为"正确"，利用属性面板自定义按钮形状，双击打开"正确"图标，输入内容信息，关闭窗口并保存，如图 8-52 所示。

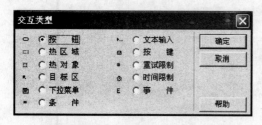

图 8-51　选择交互类型

图 8-52　"正确"图标中信息

（25）向"正确"图标右侧拖放一个计算图标，命名为"错误"，利用属性面板自定义按钮形状，双击打开"错误"图标，输入内容信息，关闭窗口并保存，如图 8-53 所示。

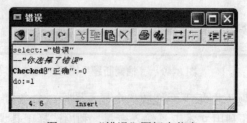

图 8-53　"错误"图标中信息

（26）向"错误"图标右侧拖放两个计算图标，修改交互类型为"条件"，并重命名为 do

和"MOD(TimeS-INT(SystemSeconds),60)<=1",分别双击打开输入内容信息,关闭窗口并保存,如图 8-54、图 8-55 所示。

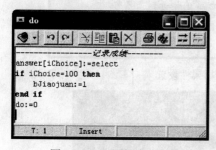

图 8-54　do 图标中信息

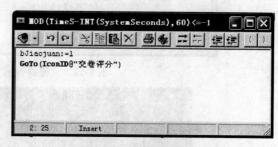

图 8-55　"MOD(TimeS-INT(SystemSeconds), 60)<=-1"图标中信息

8.3.4　交卷评分部分制作

（1）双击打开"交卷评分"图标,向流程线上拖放一个计算图标,命名为"成绩统计",双击打开"成绩统计"图标,输入内容信息,关闭窗口并保存,如图 8-56 所示。

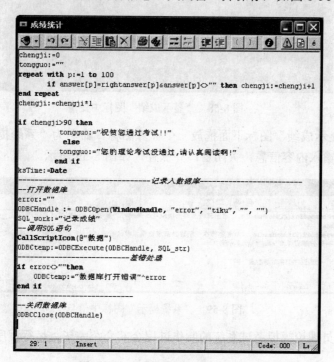

图 8-56　"成绩统计"图标中信息

（2）向"成绩统计"图标下面拖放一个擦除图标,命名为"擦除按钮",属性设置如图 8-57 所示。

（3）向"擦除按钮"图标下面拖放一个显示图标,命名为"显示成绩",双击打开"显示成绩"图标,利用文本工具输入变量,利用选择工具调整文本样式和位置,如图 8-58 所示。

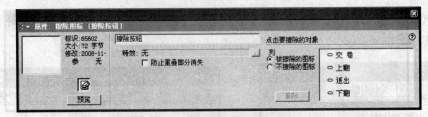

图 8-57　"擦除按钮"图标属性设置

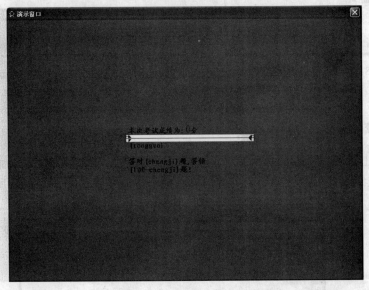

图 8-58　"显示成绩"图标中变量

（4）向"显示成绩"图标下面拖放一个计算图标，命名为"系统提示"，双击打开"系统提示"图标，输入内容信息，关闭窗口并保存，如图 8-59 所示。

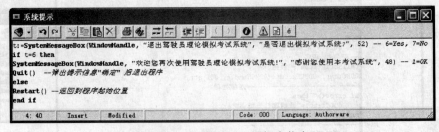

图 8-59　"系统提示"图标中信息

至此，驾驶员理论模拟考试系统的制作过程全部介绍完毕，运行程序可以进行模拟考试。

扩展训练

根据本章实例，扩展制作一个"人事考试模拟考试系统"，要求：

（1）界面中带有帮助信息及考试规定。

（2）添加答案提示功能。

第9章 计算器制作实例

计算器是 Windows 操作系统的附件中的一个工具，本实例应用 Authorware 中的内部函数和自定义函数来制作类似操作系统附件中的实用计算器，通过制作实例来掌握内部函数的用法。

9.1 实例简介与实例效果

9.1.1 实例简介

本实例制作了一个计算器，在 Authorware 中系统提供一些内部计算函数，应用这些计算函数组合就可以完成较复杂的数学运算，实现计算器功能。

计算器中按钮的功能介绍如下：

0～9：数字输入按钮。

+、—、*、/：四则运算按钮。

.、=：小数点和等号运算符按钮。

C/AC：清除当前计算结果。

+/-：改变当前数值的正负号。

Sqrt：求显示数值的平方根。

1/X：求显示数值的倒数。

MS：将显示数值存入储存区。

MR：调出储存区数值。

MC：清除储存区数值。

M+：将当前数值与储存区数值相加。

OFF：关闭计算器。

图 9-1 计算器界面

9.1.2 实例效果

按照设计要求，本实例的完整效果如图 9-1 所示。

9.2 制作分析

9.2.1 制作特点

本实例主要应用 Authorware 中的内部函数和自定义函数来实现加、减、乘、除的数学运算，还能提供开方、倒数等高级功能。

9.2.2　结构分析

为了在制作实例过程中有一个清晰的思路，设计本案例结构分析如图 9-2 所示。

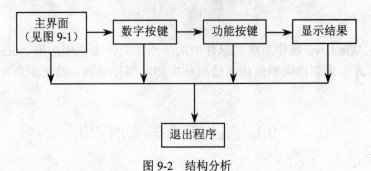

图 9-2　结构分析

9.3　制作过程

9.3.1　计算器面板的标题制作

（1）新建一个文件，命名为"计算器制作实例.a7p"，并将其文件保存。

（2）从主菜单中选择【修改】/【文件】/【属性】命令，打开【属性：文件】控制面板，设置【选项】属性为"显示标题栏"和"屏幕居中"，【背景色】设置为"黑色"，定义标题名称为"计算器制作实例"，如图 9-3 所示。

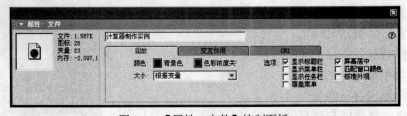

图 9-3　【属性：文件】控制面板

（3）向流程线上拖放一个计算图标，命名为"初始化变量"，双击打开"初始化变量"图标，输入内容信息，关闭窗口并保存，如图 9-4 所示。

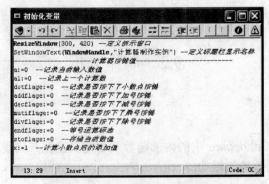

图 9-4　"初始化变量"图标中信息

9.3.2 计算器面板的界面制作

（1）向"初始化变量"图标下面拖放一个显示图标，命名为"计算器面板"，双击打开"计算器面板"图标，选择【文件】/【导入和导出】/【导入媒体】菜单命令，插入计算器面板图片，如图 9-5 所示。

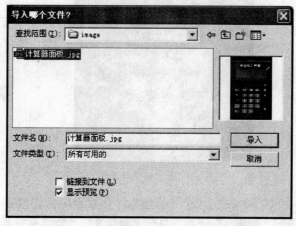

图 9-5 向"计算器面板"图标中导入图片

（2）向"计算器面板"图标下面拖放一个交互图标，命名为"键盘界面"，向"键盘界面"图标右侧拖放一个计算图标，选择【热区域】交互类型，如图 9-6 所示。

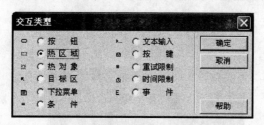

图 9-6 选择交互类型

（3）修改计算图标名称为"数字 0"，打开"数字 0"图标的【属性：判断图标】控制面板，设置【匹配】为"单击"，设置【鼠标】为"手型"，如图 9-7 所示。

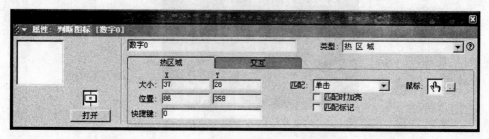

图 9-7 【属性：判断图标】控制面板

（4）双击打开"键盘界面"图标，调整热区域交互的大小和位置，如图 9-8 所示。

图 9-8　"数字 0"热区域交互的大小和位置

（5）继续向"数字 0"右侧拖放 24 个计算图标，依次命名为"数字 1"、"数字 2"、"数字 3"、"数字 4"、"数字 5"、"数字 6"、"数字 7"、"数字 8"、"数字 9"、"符号+"、"符号－"、"符号*"、"符号/"、"符号."、"符号="、"符号+/-"、"符号 c/ac"、"符号 m-"、"符号 mr"、"符号 mc"、"符号 m+"、"符号 1/x"、"符号 sqrt"和"符号 off"，双击打开"键盘界面"图标，调整热区域交互的大小和位置，如图 9-9 所示。

图 9-9　所有热区域交互的大小和位置

9.3.3　计算器的计算功能的制作

（1）在实现计算器功能之前，首先确定制作过程中用到的变量，其含义如下：

1）a：记录当前输入数值。

2）a1：记录上一个计算数。

3）dotflage：记录是否按下了小数点按键。

4）addflage：记录是否按下了加号按键。

5）decflage：记录是否按下了减号按键。

6）mutiflage：记录是否按下了乘号按键。

7）divflage：记录是否按下了除号按键。

8）endflage：等号运算标志。

9）stoflage：存储当前数值。

10）x：计算小数点后的添加值。

（2）双击打开"数字 0"图标，在窗口中输入相应的变量和语句，通过语句来判断当前显示屏上显示数字的位数，输入完毕关闭窗口并保存，如图 9-10 所示。

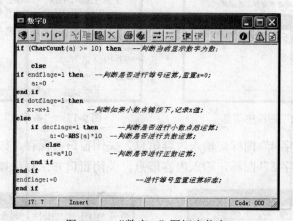

图 9-10　"数字 0"图标中信息

（3）双击打开"数字 1"图标，输入内容信息，关闭窗口并保存，如图 9-11 所示。

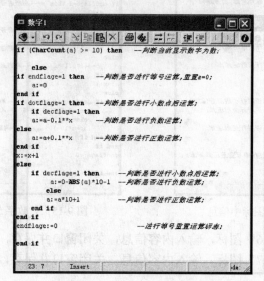

图 9-11　"数字 1"图标中信息

（4）双击打开"数字 2"图标，输入内容信息，关闭窗口并保存，如图 9-112 所示。

（5）双击打开"数字 3"图标，输入内容信息，关闭窗口并保存，如图 9-13 所示。

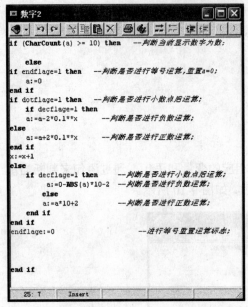

图 9-12　　"数字 2"图标中信息

图 9-13　　"数字 3"图标中信息

（6）双击打开"数字 4"图标，输入内容信息，关闭窗口并保存，如图 9-14 所示。

（7）双击打开"数字 5"图标，输入内容信息，关闭窗口并保存，如图 9-15 所示。

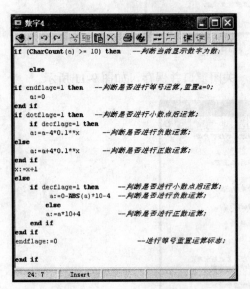

图 9-14　　"数字 4"图标中信息

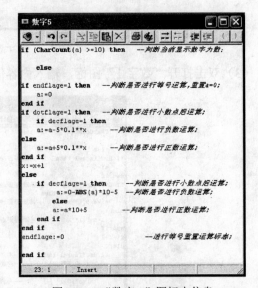

图 9-15　　"数字 5"图标中信息

（8）双击打开"数字 6"图标，输入内容信息，关闭窗口并保存，如图 9-16 所示。

（9）双击打开"数字 7"图标，输入内容信息，关闭窗口并保存，如图 9-17 所示。

图 9-16 "数字 6"图标中信息

图 9-17 "数字 7"图标中信息

（10）双击打开"数字 8"图标，输入内容信息，关闭窗口并保存，如图 9-18 所示。

（11）双击打开"数字 9"图标，输入内容信息，关闭窗口并保存，如图 9-19 所示。

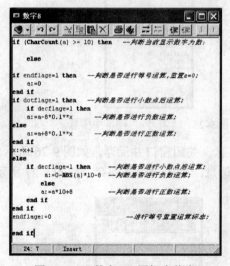

图 9-18 "数字 8"图标中信息

图 9-19 "数字 9"图标中信息

（12）双击打开"符号+"图标，输入内容信息，关闭窗口并保存，如图 9-20 所示。

（13）双击打开"符号-"图标，输入内容信息，关闭窗口并保存，如图 9-21 所示。

图 9-20 "符号+"图标中信息

图 9-21 "符号-"图标中信息

（14）双击打开"符号*"图标，输入内容信息，关闭窗口并保存，如图 9-22 所示。

（15）双击打开"符号/"图标，输入内容信息，关闭窗口并保存，如图 9-23 所示。

图 9-22　"符号*"图标中信息

图 9-23　"符号/"图标中信息

（16）双击打开"符号."图标，输入内容信息，关闭窗口并保存，如图 9-24 所示。

（17）双击打开"符号="图标，输入内容信息，关闭窗口并保存，如图 9-25 所示。

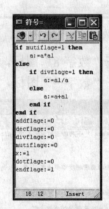

图 9-25　"符号="图标中信息

图 9-24　"符号."图标中信息

（18）双击打开"符号+/-"图标，输入内容信息，关闭窗口并保存，如图 9-26 所示。

（19）双击打开"符号 c/ac"图标，输入内容信息，关闭窗口并保存，如图 9-27 所示。

图 9-26　"符号+/-"图标中信息

图 9-27　"符号 c/ac"图标中信息

（20）双击打开"符号 m-"图标，输入内容信息，关闭窗口并保存，如图 9-28 所示。

（21）双击打开"符号 mr"图标，输入内容信息，关闭窗口并保存，如图 9-29 所示。

（22）双击打开"符号 mc"图标，输入内容信息，关闭窗口并保存，如图 9-30 所示。

（23）双击打开"符号 m+"图标，输入内容信息，关闭窗口并保存，如图 9-31 所示。

（24）双击打开"符号 1/x"图标，输入内容信息，关闭窗口并保存，如图 9-32 所示。

（25）双击打开"符号 sqrt"图标，输入内容信息，关闭窗口并保存，如图 9-33 所示。

图 9-28　"符号 m-"图标中信息

图 9-29　"mr"图标中信息

图 9-30　"符号 mc"图标中信息

图 9-31　"符号 m+"图标中信息

图 9-32　"符号 1/x"图标中信息

图 9-33　"符号 sqrt"图标中信息

（26）双击打开"符号 off"图标，输入内容信息，关闭窗口并保存，如图 9-34 所示。

图 9-34　"符号 off"图标中信息

（27）计算器计算功能制作完成，双击打开"键盘界面"图标，利用文本工具输入变量，利用选择工具调整文本样式和位置，如图 9-35 所示。

（28）选择【文本】/【数字格式】菜单命令，进行（数字格式）对话框设置，如图 9-36 所示。

图 9-35　"键盘界面"图标中变量

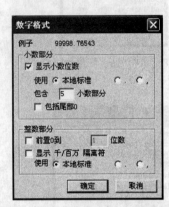

图 9-36　【数字格式】对话框设置

至此，计算器制作过程全部完成，运行程序，测试计算器计算效果，计算器中数字的显示位数可根据个人需要进行修改。

扩展训练

根据本章实例，扩展计算器功能，要求具有平方、正弦、余弦功能。

第 10 章 校园铃声自动播放系统制作实例

现在不少学校都开始使用音乐铃声了，为此可利用 Authorware 多媒体制作软件制作一个简单实用的校园铃声自动播放系统，使信息化校园的上课铃、下课铃、广播体操、升旗仪式、眼保健操铃，以及一些校园广播都可自动控制，铃声不再会单一，可以使用很多好听的、有意义的音乐作为各种时段的铃声，使校园环境变得更温馨、幽雅。

10.1 实例简介与实例效果

10.1.1 实例简介

本实例制作了一个校园铃声自动播放系统，应用显示图标、交互图标、框架图标和决策图标，并结合函数变量配置、调用时间计划表和调用音乐等。

10.1.2 实例效果

按照实际应用要求，本实例的完整效果如图 10-1 所示。

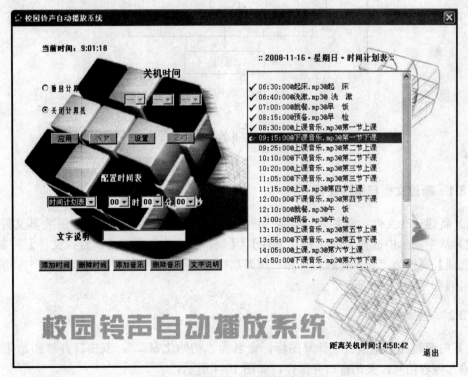

图 10-1　校园铃声自动播放系统效果

10.2　制作分析

10.2.1　制作特点

实例主要利用函数变量配置时间计划表，并通过函数调用时间计划表实现定时播放音乐效果。

10.2.2　结构分析

为了在制作实例过程中有一个清晰的思路，设计本案例结构分析如图 10-2 所示。

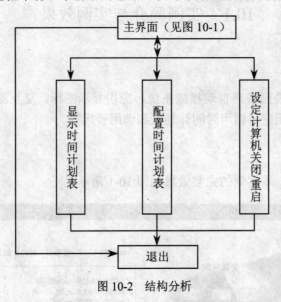

图 10-2　结构分析

10.3　制作过程

10.3.1　新建文档与属性设置

（1）新建一个文件，命名为"校园铃声自动播放系统制作实例.a7p"，并将其文件保存。

（2）从主菜单中选择【修改】/【文件】/【属性】命令，打开【属性：文件】控制面板，设置【选项】属性为"显示标题栏"和"屏幕居中"，定义标题名称为"校园铃声自动播放系统制作实例"，如图 10-3 所示。

10.3.2　主界面制作

（1）向流程线上拖放一个计算图标，命名为"初始化窗口"，双击打开"初始化窗口"图标，输入内容信息，关闭窗口并保存，如图 10-4 所示。

图 10-3　【属性：文件】控制面板

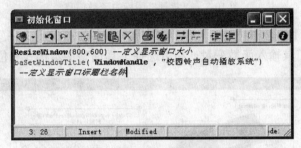

图 10-4　"初始化窗口"图标中信息

（2）向"初始化窗口"图标下面拖放一个计算图标，命名为"初始化变量"，双击打开"初始化变量"图标，输入内容信息，关闭窗口并保存，如图 10-5 所示。

图 10-5　"初始化变量"图标中信息

（3）向"初始化变量"图标下面拖放一个显示图标，命名为"背景"，双击打开"背景"图标，选择【文件】/【导入和导出】/【导入媒体】菜单命令，插入背景图片，如图 10-6 所示。

图 10-6　向"背景"图标中导入图片

（4）在"背景"图标上右击，在弹出的快捷菜单中选择【计算】命令，在弹出的窗口中输入内容信息，关闭窗口并保存，如图 10-7 所示。

图 10-7　"背景"图标中函数信息

（5）向"背景"图标下面拖放一个显示图标，命名为"提示文字"，双击打开"提示文字"图标，利用文本工具输入函数变量，利用选择工具调整文本样式和位置，如图 10-8 所示。

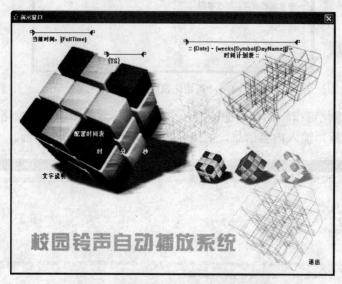

图 10-8　"提示文字"图标中文本样式和位置

（6）在"提示文字"图标上右击，在弹出的快捷菜单中选择【计算】命令，在弹出的窗口中输入内容信息，关闭窗口并保存，如图 10-9 所示。

图 10-9　"提示文字"图标中函数信息

10.3.3　内容部分制作

（1）向"提示文字"图标下面拖放一个框架图标，命名为"功能"，双击打开"功能"图标，删除流程线上的所有图标，并关闭图标。

（2）向"功能"图标右侧拖放一个显示图标，命名为"时间提示"，双击打开"时间提示"图标,利用文本工具输入函数变量,利用选择工具调整文本样式和位置,如图 10-10 所示。

图 10-10 "时间提示"图标中文本样式和位置

(3)向"时间提示"图标右侧拖放一个显示图标,命名为"取消定时",双击打开"取消定时"图标,利用文本工具输入函数变量,利用选择工具调整文本样式和位置,如图 10-11 所示。

图 10-11 "取消定时"图标中文本样式和位置

(4)定义"时间提示"图标和"取消定时"图标为"锁定不能动"。

(5)向"取消定时"图标右侧拖放一个群组图标,命名为"变量集合",双击打开"变量集合"图标,向流程线上拖放 8 个计算图标,分别命名为"关闭窗口"、"时间计划表"、"时间计划列表"、"更新列表"、"时间更新"、"属性"、"配置文件"和"音乐",所有计算图标属性均设置为"包含编写的函数"。

(6)双击打开"关闭窗口"图标,输入内容信息,关闭窗口并保存,如图 10-12 所示。

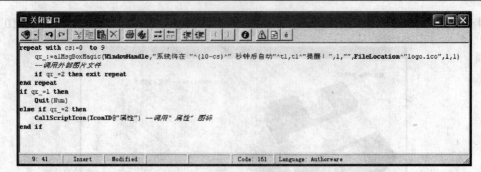

图 10-12　　"关闭窗口"图标中信息

（7）双击打开"时间计划表"图标，输入内容信息，关闭窗口并保存，如图 10-13 所示。

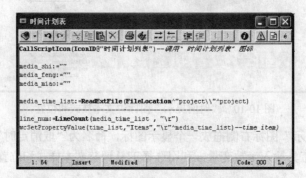

图 10-13　　"时间计划表"图标中信息

（8）双击打开"时间计划列表"图标，输入内容信息，关闭窗口并保存，如图 10-14 所示。

图 10-14　　"时间计划列表"图标中信息

（9）双击打开"更新列表"图标，输入内容信息，关闭窗口并保存，如图 10-15 所示。

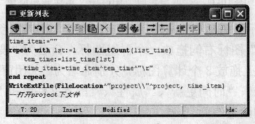

图 10-15　　"更新列表"图标中信息

（10）双击打开"时间更新"图标，输入内容信息，关闭窗口并保存，如图 10-16 所示。

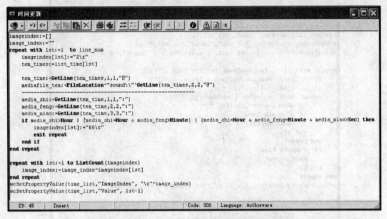

图 10-16　　"时间更新"图标中信息

（11）双击打开"属性"图标，输入内容信息，关闭窗口并保存，如图 10-17 所示。

图 10-17　　"属性"图标中信息

（12）双击打开"配置文件"图标，输入内容信息，关闭窗口并保存，如图 10-18 所示。

（13）双击打开"音乐"图标，输入内容信息，关闭窗口并保存，如图 10-19 所示。

```
配置文件                                                    _ □ X

project_fil:=baReadIni("project", "project","","FileLocation^"Splash.ini")
project_fil:=List(project_fil)
project_file:=Catalog(FileLocation^"project" ,"F")
project_file:=Strip(".ini", project_file)
wcSetPropertyValue(project_edit,"Items",project_file)
wcSetPropertyValue(project_edit,"ComboBoxStyle", "Non editable")

repeat with cs:=1 to LineCount(project_file , "\r")
    project_tem:=GetLine(project_file,cs,cs,"\r")
    yf_:=project_fil[project_tem]
    repeat with lst:=1 to LineCount(yf_,",")
        yf:=GetLine(yf_,lst,lst,",")
        if yf=Month then
            exit repeat
        end if
    end repeat
    if yf=Month then
        exit repeat
    end if
end repeat
wcSetPropertyValue(project_edit,"text",Strip(".ini", project_tem))

21: 87     Insert                              Code: 000    Lan
```

图 10-18　　"配置文件" 图标中信息

```
音乐                                                        _ □ X

index:=wcGetPropertyValue(time_list, "Value")
text:=wcGetPropertyValue(time_list, "text")
if (index="" | =0 |=-1) & args0"音乐"<>4 then
    SystemMessageBox(WindowHandle, "请选择列表里的时间再进行相关操作.", "警告", 48) -- 1=OK
    exit
end if
if args0"音乐"=1 then
music_file:=baGetFilename( "open", "", "", "所有可用文件|*.mp3;*.wav", 4+32+524288, "选择音乐文件", FALSE, -1, 0 )
    if music_file<>"" then
        file_name:=SubStr(music_file, RFind("\\\\", music_file)+1, CharCount(music_file))
        baCopyFile(music_file, FileLocation^"sound\\"^file_name,"Always+")
        if Find("@", text)<>"" then
            time_text:=GetLine(text,1,1,"@")
            info:=GetLine(text,3,3,"@")
        end if
        list_time[index]:=time_text^"@"^file_name^"@"^info
        wcSetPropertyValue(time_list, "text",time_text^"@"^file_name^"@"^info)
    else
        exit
    end if
else if args0"音乐"=2 then
    if Find("@", text)<>"" then
        time_text:=GetLine(text,1,1,"@")
        info:=GetLine(text,3,3,"@")
        list_time[index]:=time_text^"@ @"^info
        wcSetPropertyValue(time_list, "text",time_text^"@ @"^info)
    else
        exit
    end if
else if args0"音乐"=3 then
    DeleteAtIndex(list_time, index)
else if args0"音乐"=4 then
    new_shi:=wcGetPropertyValue(shi_edit_, "text")
    new_feng:=wcGetPropertyValue(feng_edit_, "text")
    new_miao:=wcGetPropertyValue(miao_edit_, "text")
    info:=wcGetPropertyValue(Edit_info, "text")
    if new_shi="" | new_feng="" | new_miao="" then
        SystemMessageBox(WindowHandle, "请选择时间再添加.", "错误", 16) -- 1=OK
        exit
    end if
    AddLinear(list_time, new_shi^":"^new_feng^":"^new_miao^"@ @"^info)
else if args0"音乐"=5 then
    info:=wcGetPropertyValue(Edit_info, "text")
    if Find("@", text)<>"" then
    time_text:=GetLine(text,1,1,"@")
    file_name:=GetLine(text,2,2,"@")
    end if
    list_time[index]:=time_text^"@"^file_name^"@"^info
    wcSetPropertyValue(time_list, "text",time_text^"@"^file_name^"@"^info)
end if
-----------------
CallScriptIcon(IconID@"更新列表")
if args0"音乐"=3|=4 then
    CallScriptIcon(IconID@"时间计划表")
end if
CallScriptIcon(IconID@"时间更新")
wcSetPropertyValue(Edit_info, "text","")

57: 41     Insert                              Code: 000    Language: Authorware
```

图 10-19　　"音乐" 图标中信息

　　（14）双击打开"播放"图标，向流程线上拖放一个声音图标，命名为"播放"，双击打开"播放"图标，定义【文件】为外部文件变量，是 mediafile，如图 10-20 所示。

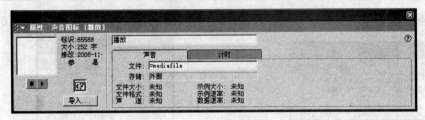

图 10-20　"播放"图标属性设置

10.3.4　配置时间计划表部分制作

（1）向"提示文字"图标下面拖放一个交互图标，命名为"配置时间计划表"，再向"配置时间计划表"图标右侧拖放一个计算图标，选择【按钮】交互类型，如图 10-21 所示。

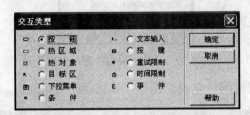

图 10-21　选择交互类型

（2）修改计算图标名称为"添加时间"，打开"添加时间"图标的【属性：判断图标】控制面板，设置【鼠标】为"手型"，选择【交互】选项卡，设置【范围】为"永久"，设置【分支】为"返回"，如图 10-22 所示。

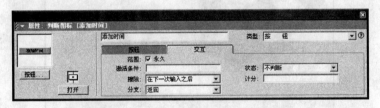

图 10-22　【属性：判断图标】控制面板

（3）向"添加时间"图标右侧拖放 4 个计算图标，分别命名为"删除时间"、"添加音乐"、"删除音乐"和"文字说明"。

（4）双击打开"添加时间"图标，输入内容信息，关闭窗口并保存，如图 10-23 所示。

（5）双击打开"删除时间"图标，输入内容信息，关闭窗口并保存，如图 10-24 所示。

图 10-23　"添加时间"图标中信息　　　图 10-24　"删除时间"图标中信息

（6）双击打开"添加音乐"图标，输入内容信息，关闭窗口并保存，如图 10-25 所示。

（7）双击打开"删除音乐"图标，输入内容信息，关闭窗口并保存，如图 10-26 所示。

图 10-25　"添加音乐"图标中信息   图 10-26　"删除音乐"图标中信息

（8）双击打开"文字说明"图标，输入内容信息，关闭窗口并保存，如图 10-27 所示。

图 10-27　"文字说明"图标中信息

（9）双击打开"配置时间计划表"图标，排列调整按钮位置，如图 10-28 所示。

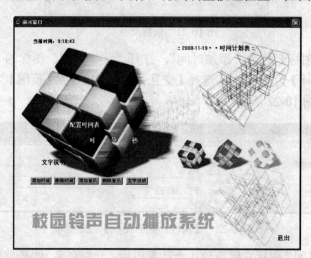

图 10-28　"配置时间计划表"图标中按钮位置

10.3.5　定义关闭\重启部分制作

（1）向"提示文字"图标下面拖放一个交互图标，命名为"定义关闭\重启"，再向"定义关闭\重启"图标右侧拖放一个计算图标，选择【条件】交互类型，如图 10-29 所示。

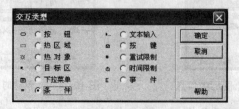

图 10-29　选择交互类型

（2）打开计算图标的【属性：判断图标】控制面板，设置【条件】为 "(Hour=shi)&(Minute=feng)&(Sec=miao)"，选择【交互】选项卡，设置【范围】为 "永久"，设置【分支】为 "返回"，如图 10-30 所示。

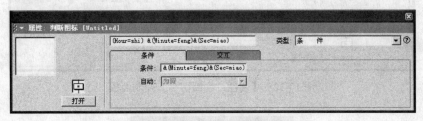

图 10-30　【属性：判断图标】控制面板

（3）向 "(Hour=shi)&(Minute=feng)&(Sec=miao)" 图标右侧拖放一个计算图标，打开计算图标的【属性：判断图标】控制面板，设置【条件】为 "(Hour=media_shi)&(Minute=media_feng)&(Sec=media_miao)"。

（4）向 "(Hour=media_shi)&(Minute=media_feng)&(Sec=media_miao)" 图标右侧拖放一个计算图标，打开计算图标的【属性：判断图标】控制面板，设置【条件】为 "Hour=0 & Minute=0 & Sec=0"。

（5）向 "Hour=0 & Minute=0 & Sec=0" 图标右侧拖放一个计算图标，打开计算图标的【属性：判断图标】控制面板，设置【条件】为 myvar_lst。

（6）向 myvar_lst 图标右侧拖放一个计算图标，打开计算图标的【属性：判断图标】控制面板，设置【条件】为 myvar_project。

（7）向 myvar_project 图标右侧拖放一个计算图标，打开计算图标的【属性：判断图标】控制面板，设置【条件】为 RightMouseDown。

（8）向 RightMouseDown 图标右侧拖放一个计算图标，打开计算图标的【属性：判断图标】控制面板，修改名称为 "定时"，设置【类型】为 "按钮"，【快捷键】为 Enter，【鼠标】为 "手型"，如图 10-31 所示。

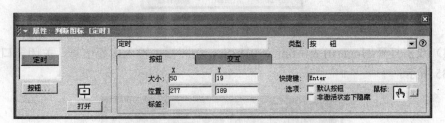

图 10-31　【属性：判断图标】控制面板

（9）向 "定时" 图标右侧拖放 6 个计算图标，分别命名为 "恢复"、"设置"、"应用"、"关闭计算机"、"重启计算机" 和 "退出"。

（10）修改 "关闭计算机"、"重启计算机" 交互按钮为 "单选按钮" 形式。

（11）打开 "退出" 图标的【属性：判断图标】控制面板，设置【类型】为 "热区域"，【鼠标】为 "手型"，如图 10-32 所示。

（12）双击打开 "(Hour=shi)&(Minute=feng)&(Sec=miao)" 图标，输入内容信息，关闭窗

口并保存，如图 10-33 所示。

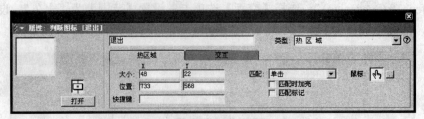

图 10-32　【属性：判断图标】控制面板

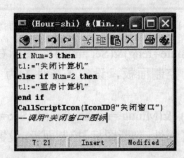

图 10-33　"(Hour=shi) &(Minute=feng)&(Sec=miao)"图标中信息

（13）双击打开"(Hour=media_shi) &(Minute=media_feng)&(Sec=media_miao)"图标，输入内容信息，关闭窗口并保存，如图 10-34 所示。

图 10-34　(Hour=media_shi) &(Minute=media_feng)&(Sec=media_miao)图标中信息

（14）双击打开(Hour=0) &(Minute=0)&(Sec=0)图标，输入内容信息，关闭窗口并保存，如图 10-35 所示。

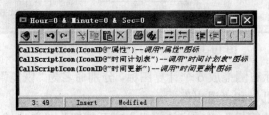

图 10-35　"Hour=0 & Minute=0 & Sec=0"图标中信息

（15）双击打开 myvar_lst 图标，输入内容信息，关闭窗口并保存，如图 10-36 所示。
（16）双击打开 myvar_project 图标，输入内容信息，关闭窗口并保存，如图 10-37 所示。

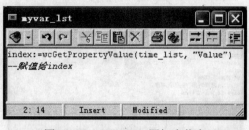

图 10-36　myvar_lst 图标中信息

图 10-37　myvar_project 图标中信息

（17）双击打开 RightMouseDown 图标，输入内容信息，关闭窗口并保存，如图 10-38 所示。

图 10-38　RightMouseDown 图标中信息

（18）双击打开"定时"图标，输入内容信息，关闭窗口并保存，如图 10-39 所示。

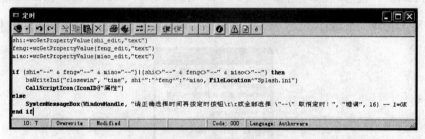

图 10-39　"定时"图标中信息

（19）双击打开"恢复"图标，输入内容信息，关闭窗口并保存，如图 10-40 所示。

图 10-40　"恢复"图标中信息

（20）双击打开"设置"图标，输入内容信息，关闭窗口并保存，如图 10-41 所示。
（21）双击打开"应用"图标，输入内容信息，关闭窗口并保存，如图 10-42 所示。
（22）双击打开"关闭计算机"图标，输入内容信息，关闭窗口并保存，如图 10-43 所示。

图 10-41   "设置"图标中信息

图 10-42   "应用"图标中信息

图 10-43   "关闭计算机"图标中信息

（23）双击打开"重启计算机"图标，输入内容信息，关闭窗口并保存，如图 10-44 所示。

图 10-44   "重启计算机"图标中信息

（24）双击打开"退出"图标，输入内容信息，关闭窗口并保存，如图 10-45 所示。

图 10-45   "退出"图标中信息

（25）双击打开"定义关闭\重启"图标，排列调整按钮位置，如图 10-46 所示。

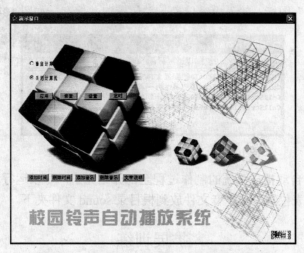

图 10-46 "定义关闭\重启"图标中按钮位置

（26）向"初始化变量"图标下面拖放一个计算图标，命名为"创建列表"，双击打开"创建列表"图标，输入内容信息，关闭窗口并保存，如图 10-47 所示。

图 10-47 "创建列表"图标中信息

（27）向"创建列表"图标下面拖放一个计算图标，命名为"调用图标初始化"，双击打开"调用图标初始化"图标，输入内容信息，关闭窗口并保存，如图 10-48 所示。

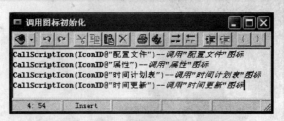

图 10-48   "调用图标初始化"图标中信息

至此，校园铃声自动播放系统的制作过程全部介绍完毕，可以运行程序测试系统，根据自己需要可以调整列表位置，把声音文件放到根目录 sound 文件夹下。

扩展训练

根据本章实例扩展制作校园铃声自动播放系统，要求：

（1）自动调用配置时间表。

（2）可以配置一周自动开机/关机时间表。

第 11 章　增强版播放器制作实例

现在流行的播放器软件很多，并且播放功能强大，一个非常好的音乐播放器，应支持 MP3、MOD、S3M、MTM、ULT、XM、IT、669、CD-Audio、Line-In、WAV、VOC 等多种音频格式。下面通过 Authorware 软件，利用控件和函数变量来制作一个功能强大的播放器。

11.1　实例简介与实例效果

11.1.1　实例简介

本实例制作了一个增强版播放器，应用显示图标、交互图标、决策图标和 DirectMediaXtra 控件，并结合自定义变量最终完成播放器的制作。

11.1.2　实例效果

按照实际应用要求，实例完整效果如图 11-1 至图 11-3 所示。

图 11-1　播放器精简图

图 11-2　播放器列表图

图 11-3　播放器播放视频文件图

11.2　制作分析

11.2.1　制作特点

本实例主要利用函数变量来控制控件，使播放器支持多种音频、视频格式，从而增强播放器播放功能。

11.2.2　结构分析

为了在制作实例过程中有一个清晰的思路，设计本案例结构分析如图 11-4 所示。

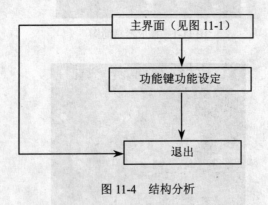

图 11-4　结构分析

11.3　制作过程

11.3.1　新建文档与属性设置

（1）新建一个文件，命名为"增强版播放器制作实例.a7p"，并将其文件保存。

（2）从主菜单中选择【修改】/【文件】/【属性】命令，打开【属性：文件】控制面板，设置【大小】为"根据变量"，设置【选项】属性为"屏幕居中"，定义标题名称为"增强版播放器制作实例"，如图 11-5 所示。

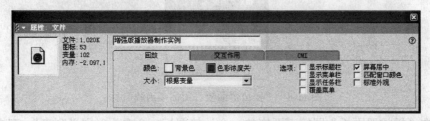

图 11-5　【属性：文件】控制面板

11.3.2　主界面制作

（1）向流程线上拖放一个显示图标，命名为"播放器面板"，双击打开"播放器面板"图标，选择【文件】/【导入和导出】/【导入媒体】菜单命令，插入播放器面板图片，如图 11-6 所示。

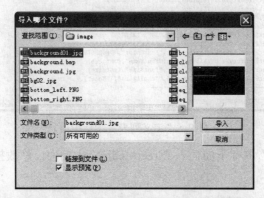

图 11-6　向"播放器面板"图标中导入图片

（2）利用文本输入工具输入函数变量，利用选择工具调整文本样式和位置，设置为"更新显示变量"，如图 11-7 所示。

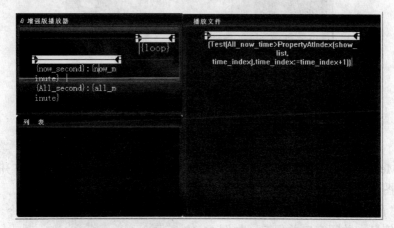

图 11-7　"播放器面板"图标中函数变量

（3）在"播放器面板"图标上右击，在弹出的快捷菜单中选择【计算】命令，在弹出的窗口中输入内容信息，关闭窗口并保存，如图 11-8 所示。

图 11-8　"播放器面板"图标中函数信息

（4）向"播放器面板"图标下面拖放一个计算图标，命名为"定义列表"，双击打开"定义列表"图标，输入内容信息，关闭窗口并保存，如图 11-9 所示。

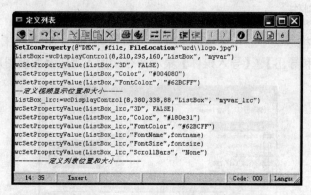

图 11-9　"定义列表"图标中信息

（5）向"定义列表"图标下面插入 DirectMediaXtra 控件，修改控件名称为 Media，如图 11-10 所示。

图 11-10　DirectMediaXtra 控件

（6）向 Media 控件下面拖放一个显示图标，命名为"音量滑块"，双击打开"音量滑块"图标，利用绘图工具绘制一个圆，图形位置和大小如图 11-11 所示。

（7）在"音量滑块"图标上右击，在弹出的快捷菜单中选择【计算】命令，在弹出的窗口中输入内容信息，关闭窗口并保存，如图 11-12 所示。

图 11-11　"音量滑块"图标中图形位置和大小

图 11-12　"音量滑块"图标中函数信息

（8）打开"音量滑块"图标属性面板，设置属性如图 11-13 所示。

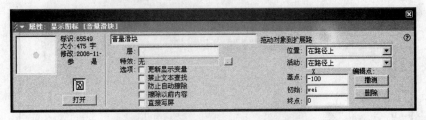

图 11-13　"音量滑块"图标属性设置

（9）向"音量滑块"下面拖放一个显示图标，命名为"播放时间条"，双击打开"播放时间条"图标，导入播放滑块图片，如图 11-14 所示。

图 11-14　"播放时间条"图标中播放滑块图片

（10）打开"播放时间条"图标属性面板，设置属性如图 11-15 所示。

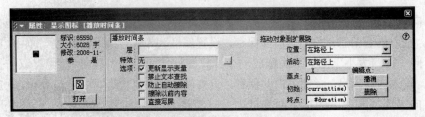

图 11-15　"播放时间条"图标属性设置

（11）向"播放时间条"图标下面拖放一个计算图标，命名为"读取列表"，双击打开"读取列表"图标，输入内容信息，关闭窗口并保存，如图 11-16 所示。

图 11-16　"读取列表"图标中信息

（12）向"读取列表"图标下面拖放一个群组图标，命名为"附加"，双击打开"附加"图标，向流程线上拖放一个计算图标，命名为"播放文件"，双击打开"播放文件"图标，输入内容信息，关闭窗口并保存，设置属性为"包含编写的函数"，如图 11-17 所示。

图 11-17　"播放文件"图标中信息

（13）向"播放文件"图标下面拖放一个计算图标，命名为"窗口大小"，双击打开"窗口大小"图标，输入内容信息，关闭窗口并保存，设置属性为"包含编写的函数"，如图 11-18 所示。

（14）向"窗口大小"图标下面拖放一个计算图标，命名为"连接判断"，双击打开"连接判断"图标，输入内容信息，关闭窗口并保存，设置属性为"包含编写的函数"，如图 11-19 所示。

（15）向"连接判断"图标下面拖放一个计算图标，命名为"列表"，双击打开"列表"图标，输入内容信息，关闭窗口并保存，设置属性为"包含编写的函数"，如图 11-20 所示。

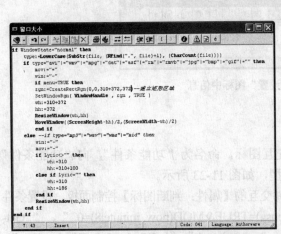

图 11-18　"窗口大小"图标中信息

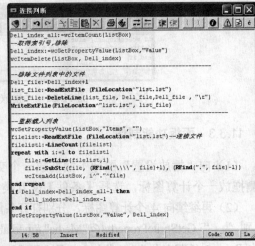

图 11-19　"连接判断"图标中信息

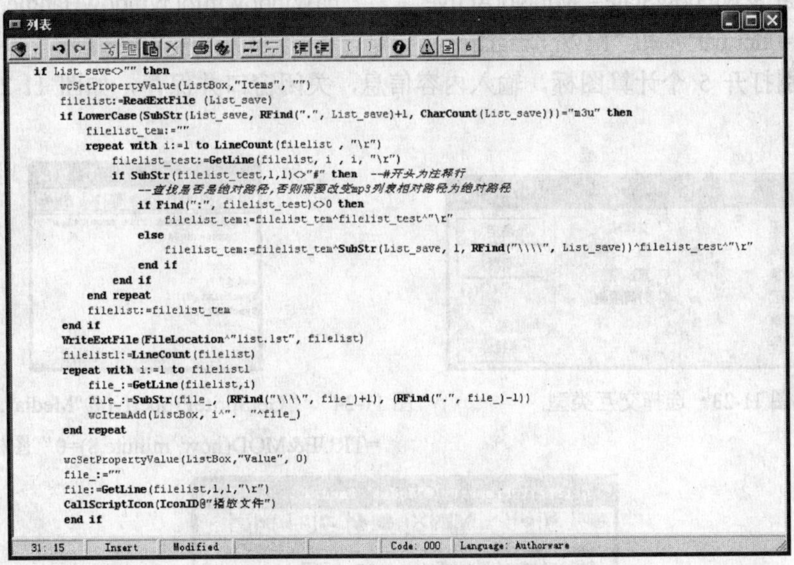

图 11-20　"列表"图标中信息

（16）向"列表"图标下面拖放一个计算图标，命名为"退出播放"，双击打开"退出播放"图标，输入内容信息，关闭窗口并保存，如图 11-21 所示。

图 11-21　"退出播放"图标中信息

（17）向"读取列表"图标下面拖放一个计算图标，命名为"播放设置"，双击打开"播放设置"图标，输入内容信息，关闭窗口并保存，如图 11-22 所示。

図 11-22　"播放设置"图标中信息

11.3.3　面板功能制作

（1）向"播放设置"图标下面拖放一个交互图标，命名为"功能条件"，向"功能条件"右侧拖放一个计算图标，选择【条件】交互类型，如图 11-23 所示。

（2）再继续向 4 个计算图标，分别打开条件交互的【属性：判断图标】控制面板，设置条件分别为"GetSpriteProperty(@"Media",#mediabusy)=TRUE&MOD(now_minute,8)=0"、"GetSpriteProperty(@"Media",#mediabusy)=FALSE&loop="∞"&play=1"、"baWindowInfo(WindowHandle, "state")="normal"&WindowState="MinNotActive""、"baWindowInfo(WindowHandle,"state")="min"&WindowState="normal""和"MW_DragDrop"。

（3）分别打开 5 个计算图标，输入内容信息，关闭窗口并保存，如图 11-24 至图 11-28 所示。

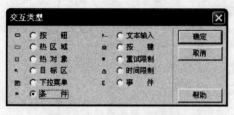

図 11-23　选择交互类型

図 11-24　"GetSpriteProperty(@"Media",#mediabusy)
=TRUE&MOD(now_minute,8)=0"图标中信息

図 11-25　"GetSpriteProperty(@"Media",#mediabusy)=FALSE&loop="∞"&play=1"图标中信息

图 11-26　"baWindowInfo(WindowHandle,"state")="normal"&WindowState="MinNotActive""图标中信息

图 11-27　"baWindowInfo(WindowHandle,"state")="min"&WindowState="normal""图标中信息

```
filel:=MW_GetDropFiles()
MW_DragDrop:=0

if filel<>"" then
    RecordCount:=LineCount(filel , "\r")
    repeat with i:=1 to RecordCount
        file_music:=GetLine(filel,i,i,"\r")
        file_type:=LowerCase(SubStr(file_music, (RFind(".", file_music)+1),CharCount(file_music)))
        if file_type="mp3"|="wav"|="avi"|="wmv"|="dat"|="asf"|="mpg"|="wma" |="mid" then
            AppendExtFile(FileLocation^"list.lst",file_music^"\r")
            file_music_:=SubStr(file_music, (RFind("\\\\", file_music)+1), RFind(".", file_music)-1)
            ListCount_number:=wcItemCount(ListBox)
            wcItemAdd(ListBox, (ListCount_number+1)^". "^file_music_)
        end if
        if file_type="point" then
            filelist:=ReadExtFile (file_music)
            AppendExtFile(FileLocation^"list.lst", filelist)
            filelist1:=LineCount(filelist)
            repeat with i:=1 to filelist1
                file_:=GetLine(filelist,i)
                file_:=SubStr(file_, (RFind("\\\\", file_)+1), (RFind(".", file_)-1))
                ListCount_number:=wcItemCount(ListBox)
                wcItemAdd(ListBox, (ListCount_number+1)^". "^file_)
            end repeat

            wcSetPropertyValue(ListBox,"Value", 0)
            file_:=""
        end if
    end repeat
end if

if GetSpriteProperty(@"Media", #mediabusy)=~TRUE then
    wcSetPropertyValue(ListBox,"Value", 0)
    filelist:=ReadExtFile (FileLocation^"list.lst")
    file:=GetLine(filelist,1,1,"\r")
    GoTo(@"播放设置")
end if
```

图 11-28　MW_DragDrop 图标中信息

（4）向 MW_DragDrop 图标右侧拖放一个群组图标，打开条件交互的【属性：判断图标】控制面板，设置【条件】为"Dragging@"音量滑块""；选择【交互】选项卡，设置【范围】为"永久"，【分支】为"返回"，如图 11-29 所示。

（5）双击打开"Dragging@"音量滑块""图标，向流程线上拖放一个决策图标，命名为"滑块"，打开"滑块"图标属性面板，设置【重复】为"直到判断值为真"，变量为"~Dragging@"

音量滑块""，【分支】为"顺序分支路径"，如图 11-30 所示。

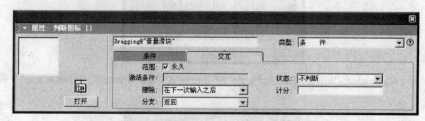

图 11-29　【属性：判断图标】控制面板

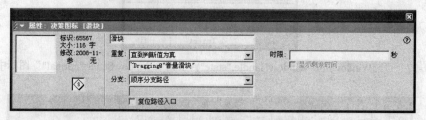

图 11-30　"滑块"图标属性设置

（6）向"Dragging@"音量滑块""图标右侧拖放一个计算图标，命名为"值"，双击打开"值"图标，输入内容信息，关闭窗口并保存，如图 11-31 所示。

图 11-31　"值"图标中信息

（7）向"Dragging@"音量滑块""图标右侧拖放一个群组图标，打开条件交互的【属性：判断图标】控制面板，设置【条件】为"GetSpriteProperty(@"Media", #mediabusy)=TRUE"，【自动】为"为真"；选择【交互】选项卡，设置【分支】为"继续"，如图 11-32 所示。

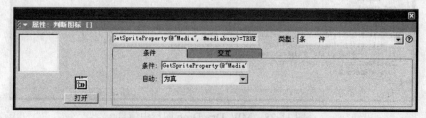

图 11-32　【属性：判断图标】控制面板

（8）双击打开 "GetSpriteProperty(@"Media", #mediabusy)=TRUE" 图标，向流程线上拖放一个计算图标，命名为"时间"，双击打开"时间"图标，输入内容信息，关闭窗口并保存，如图 11-33 所示。

（9）向"时间"图标下面拖放一个移动图标，命名为"播放滑块"，打开"播放滑块"图标属性面板，选择"播放时间条"图标作为移动对象，设置如图 11-34 所示。

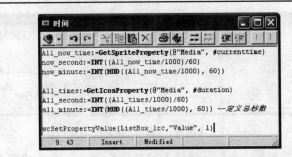

图 11-33　"时间"图标中信息

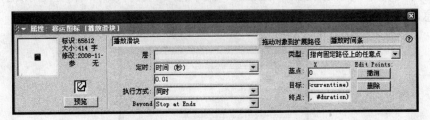

图 11-34　"播放滑块"图标属性设置

（10）向"播放滑块"图标下面拖放一个等待图标，设置【时限】为 0.01，如图 11-35 所示。

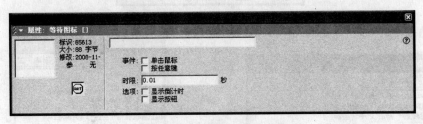

图 11-35　等待图标属性设置

（11）向"播放设置"图标下面拖放一个交互图标，命名为"按钮交互"，向"按钮交互"图标右侧拖放一个计算图标，选择【按钮】交互类型，如图 11-36 所示。

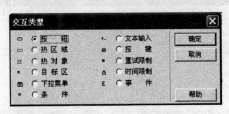

图 11-36　选择交互类型

（12）打开【属性：判断图标】控制面板，修改名称为"上一曲"，设置【鼠标】为"手型"，自定义按钮图标；选择【交互】选项卡，设置【范围】为"永久"，【分支】为"返回"，如图 11-37 所示。

（13）向"上一曲"图标右侧拖放 12 个计算图标，分别命名为"播放"、"暂停"、"下一曲"、"静音"、"循环"、"打开文件"、"打开列表"、"关闭列表"、"退出"、"最小化"、"打开演示"和"关闭演示"，打开属性面板，自定义每个按钮。

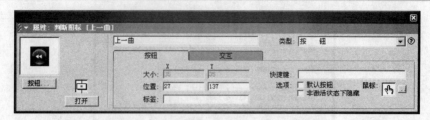

图 11-37 【属性：判断图标】控制面板

（14）分别双击打开"上一曲"、"播放"、"暂停"、"下一曲"、"静音"、"循环"、"打开文件"、"打开列表"、"关闭列表"、"退出"、"最小化"、"打开演示"和"关闭演示"图标，输入内容信息，关闭窗口并保存，如图 11-38 至图 11-50 所示。

图 11-38 "上一曲"图标中信息

图 11-39 "播放"图标中信息

图 11-40 "暂停"图标中信息

图 11-41 "下一曲"图标中信息

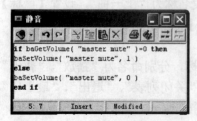

图 11-42 "静音"图标中信息

图 11-43 "循环"图标中信息

图 11-44 "打开文件"图标中信息

图 11-45 "打开列表"图标中信息

图 11-46 "关闭列表"图标中信息

图 11-47 "退出"图标中信息

图 11-48 "最小化"图标中信息

图 11-49 "打开演示"图标中信息

图 11-50 "关闭演示"图标中信息

（15）向"关闭演示"图标右侧拖放一个计算图标，修改交互类型为"条件"，设定条件为 myvar=2，如图 11-51 所示。

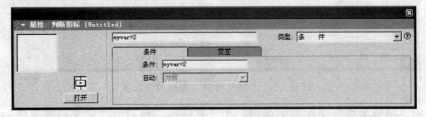

图 11-51 【属性：判断图标】控制面板

（16）双击打开 myvar=2 图标，输入内容信息，关闭窗口并保存，如图 11-52 所示。

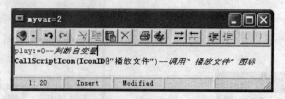

图 11-52　myvar=2 图标中信息

（17）向 myvar=2 图标右侧拖放一个计算图标，设定条件为"DoubleClick=TRUE"，双击打开"DoubleClick=TRUE"图标，输入内容信息，关闭窗口并保存，如图 11-53 所示。

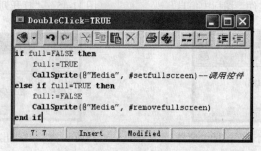

图 11-53　DoubleClick=TRUE 图标中信息

（18）向 DoubleClick=TRUE 图标右侧拖放一个群组图标，设置条件为"Dragging@"播放时间条"=TRUE"，双击打开"Dragging@"播放时间条"=TRUE"图标，向流程线上拖放一个计算图标，命名为"暂停功能"，双击打开"暂停功能"图标，输入内容信息，关闭窗口并保存，如图 11-54 所示。

图 11-54　"暂停功能"图标中信息

（19）向"暂停功能"图标下面拖放一个决策图标，命名为"播放滑块"，打开"播放滑块"图标属性面板，设置【重复】为"直到判断值为真"，变量为"~Dragging@"播放时间条""，【分支】为"顺序分支路径"，如图 11-55 所示。

图 11-55　"播放滑块"图标属性设置

（20）向"播放滑块"图标右侧拖放一个计算图标，命名为"定义播放滑块"，双击打开

"定义播放滑块"图标，输入内容信息，关闭窗口并保存，如图 11-56 所示。

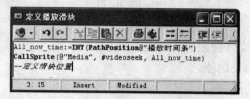

图 11-56　"定义播放滑块"图标中信息

（21）向"定义播放滑块"图标下面拖放一个计算图标，命名为"播放功能"，双击打开"播放功能"图标，输入内容信息，关闭窗口并保存，如图 11-57 所示。

图 11-57　"播放功能"图标中信息

（22）向"Dragging@"播放时间条"=TRUE"图标右侧拖放一个计算图标，打开【属性：判断图标】控制面板，修改【类型】为"热区域"，修改图标名为"移动窗口"，热区域大小和位置如图 11-58 所示。

图 11-58　热区域大小和位置

（23）双击打开"移动窗口"图标，输入内容信息，关闭窗口并保存，如图 11-59 所示。

图 11-59　"移动窗口"图标中信息

至此，增强版播放器的制作过程全部介绍完毕，运行程序可以进行测试播放器播放文件效果和功能。

扩展训练

　　根据本章实例，扩展媒体播放器的功能，要求：
　　（1）增加编辑播放列表功能。
　　（2）创建菜单命令功能。
　　（3）创建快捷菜单功能。

第 12 章　电子导游图制作实例

旅游已经成为人们工作放松的一种方式，虽然现在旅游的地方比较多，但是想了解每个旅游景点的详细信息是很难办到的，为此电子导游图成为了解旅游景点的必备软件，下面通过 Authorware 多媒体工具制作一个电子导游图，为旅游者提供便捷的工具。

12.1　实例简介与实例效果

12.1.1　实例简介

本实例制作了一个电子导游图，应用显示图标、交互图标、计算图标、框架图标和声音图标等，制作一个徒步登泰山的最佳路线中的旅游景点详细信息和图片介绍的电子导游工具。

12.1.2　实例效果

按照实际应用要求，实例完整效果如图 12-1 至图 12-3 所示。

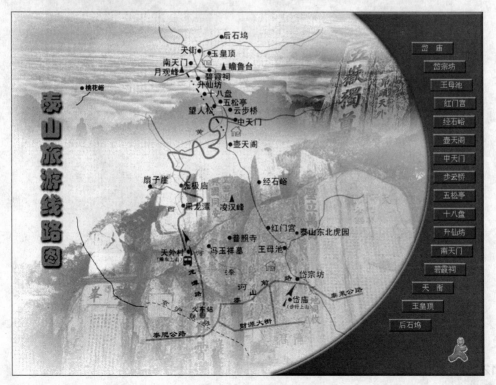

图 12-1　首页界面

图 12-2　内容界面

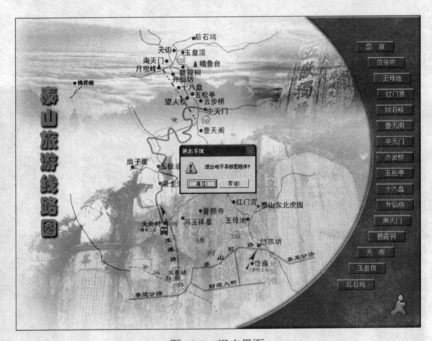

图 12-3　退出界面

12.2　制作分析

12.2.1　制作特点

本实例主要利用文本和图片来介绍每个景点的历史背景和景点现状，从而达到对旅游景区的详细介绍。

12.2.2　结构分析

为了在制作实例过程中有一个清晰的思路，设计本案例结构分析如图 12-4 所示。

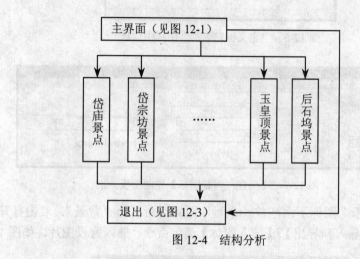

图 12-4　结构分析

12.3　制作过程

12.3.1　新建文档与属性设置

（1）新建一个文件，命名为"电子导游图制作实例.a7p"，并将其文件保存。

（2）从主菜单中选择【修改】/【文件】/【属性】命令，打开【属性：文件】控制面板，设置【背景色】为"黑色"，设置【大小】属性为 1024×768（SVGA，Mac17"），设置【选项】属性为 "屏幕居中"，定义标题名称为"电子导游图制作实例"，如图 12-5 所示。

图 12-5　【属性：文件】控制面板

12.3.2　主界面制作

（1）向流程线上拖放一个计算图标，命名为"定义标题名称"，双击打开"定义标题名称"图标，输入内容信息，关闭窗口并保存，如图 12-6 所示。

（2）向"定义标题名称"图标下面拖放一个声音图标，命名为"背景音乐"，单击"导入"按钮导入背景音乐，在属性面板上选择【计时】选项卡，设置【执行方式】为"同时"，设置【播放】为"直到为真"，如图 12-7 所示。

图 12-6   "定义标题名称" 图标中信息

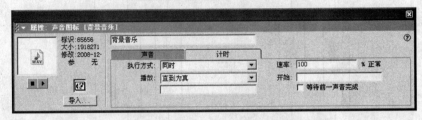

图 12-7   【属性：声音图标】控制面板

（3）向"背景音乐"图标下面拖放一个显示图标，命名为"背景"，双击打开"背景"图标，选择【文件】/【导入和导出】/【导入媒体】菜单命令，插入背景图片，如图 12-8 所示。

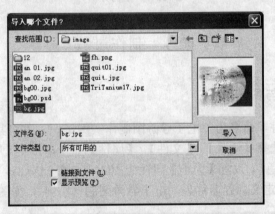

图 12-8   向"背景"图标中导入背景图

（4）在"背景"图标上右击，在弹出的快捷菜单中选择【计算】命令，在弹出的计算窗口中输入内容信息，关闭窗口并保存，如图 12-9 所示。

图 12-9   "背景"图标函数信息

（5）向"背景"图标下面拖放一个交互图标，命名为"景点交互"，向"景点交互"图标右侧拖放一个导航图标，选择【按钮】交互类型，如图 12-10 所示。

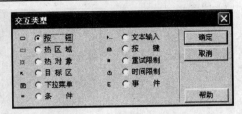

图 12-10 选择交互类型

（6）打开【属性：判断图标】控制面板，修改图标名称为"岱庙"，设置【鼠标】为"手型"，单击"按钮"图标添加一个自定义按钮样式，如图 12-11 所示。

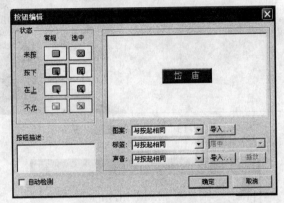

图 12-11 自定义按钮样式

（7）向"岱庙"右侧拖放 15 个导航图标，分别命名为"岱宗坊"、"王母池"、"红门宫"、"经石峪"、"壶天阁"、"中天门"、"步云桥"、"五松亭"、"十八盘"、"升仙坊"、"南天门"、"碧霞祠"、"天街"、"玉皇顶"和"后石坞"。

（8）向"后石坞"图标右侧拖放一个群组图标，命名为"退出"，打开【属性：判断图标】控制面板，自定义按钮样式，如图 12-12 所示。

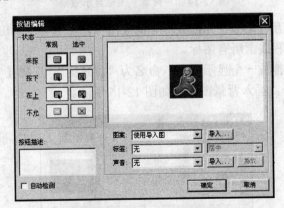

图 12-12 自定义"退出"按钮样式

（9）双击打开"景点交互"图标，调整按钮位置，如图 12-13 所示。

（10）双击"背景"图标，打开【显示图标】属性面板，设置【层】为"-1"，单击【特效】后面的按钮，打开【特效方式】对话框，选择"Dissolve,Patterns"效果，如图 12-14 所示。

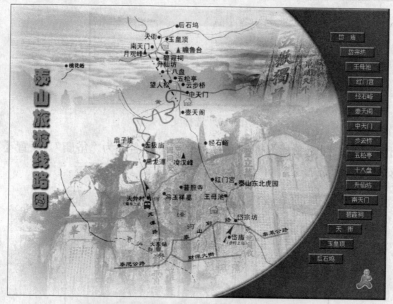

图 12-13　调整后的按钮位置

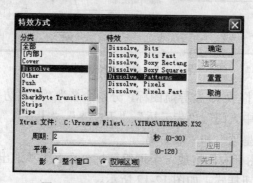

图 12-14　"背景"图标显示效果

　　（11）向"景点交互"图标下面拖放一个框架图标，命名为"泰山景点"，双击打开"泰山景点"图标，删除流程线上所有图标。

　　（12）向流程线上拖放一个显示图标，命名为"背景图"，选择【文件】/【导入和导出】/【导入媒体】菜单命令，插入背景图片，如图 12-15 所示。

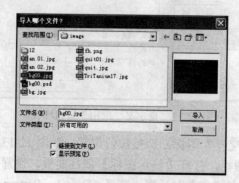

图 12-15　向"背景图"图标中导入图片

（13）打开"背景图"图标的【显示图标】属性面板，单击【特效】后面的按钮，打开【特效方式】对话框，选择 Random,Columns 特效，如图 12-16 所示。

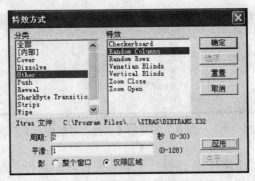

图 12-16　"背景图"图标显示效果

（14）向"背景图"图标下面拖放一个交互图标，命名为"景点控制"，向"景点控制"图标右侧拖放一个计算图标，选择【热区域】交互类型，如图 12-17 所示。

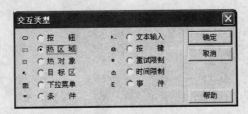

图 12-17　选择交互方式

（15）修改计算图标名称为"返回首页"，双击打开"返回首页"图标，输入内容信息，关闭窗口并保存，如图 12-18 所示。

图 12-18　"返回首页"图标中信息

（16）向"返回首页"图标右侧拖放一个导航图标，命名为"上一景点"，打开【属性：导航图标】控制面板，设置【目的地】为"附近"，【页】为"前一页"，如图 12-19 所示。

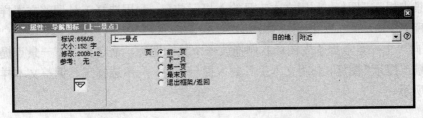

图 12-19　"上一景点"图标的【属性：导航图标】控制面板

（17）向"上一景点"图标右侧拖放一个导航图标，命名为"下一景点"，打开【属性：导航图标】控制面板，设置【目的地】为"附近"，【页】为"下一页"，如图 12-20 所示。

图 12-20　　"下一景点"图标的【属性：导航图标】控制面板

（18）向"下一景点"图标右侧拖放一个显示图标，命名为"返回首页提示"，双击打开"返回首页提示"图标，利用文本工具输入提示信息，利用选择工具调整文本样式和位置，如图 12-21 所示。

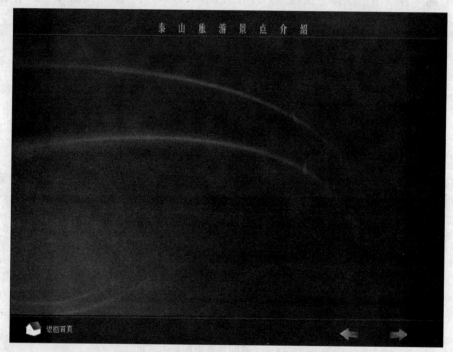

图 12-21　　"返回首页提示"图标中文本样式和位置

（19）向"返回首页提示"图标右侧拖放一个显示图标，命名为"上一景点提示"，双击打开"上一景点提示"图标，利用文本工具输入提示信息，利用选择工具调整文本样式和位置，如图 12-22 所示。

（20）向"上一景点提示"图标右侧拖放一个显示图标，命名为"下一景点提示"，双击打开"下一景点提示"图标，利用文本工具输入提示信息，利用选择工具调整文本样式和位置，如图 12-23 所示。

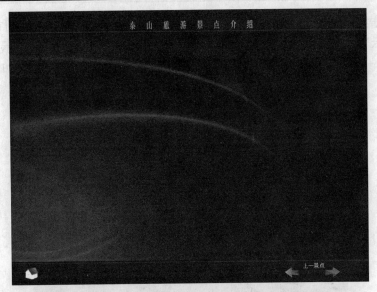

图 12-22　"上一景点提示"图标中文本样式和位置

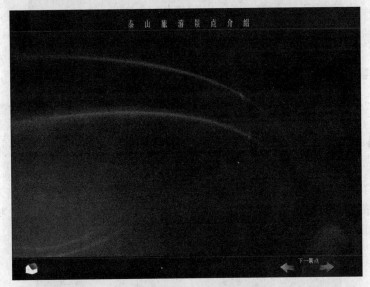

图 12-23　"下一景点提示"图标中文本样式和位置

（21）打开"返回首页提示"图标、"上一景点提示"图标和"下一景点提示"图标的【属性：判断图标】控制面板，设置【匹配】为"指针处于指定区域内"，设置【鼠标】为"手型"，选择【交互】选项卡，设置【范围】为"永久"，【擦除】为"在下一次输入之前"，如图 12-24 所示。

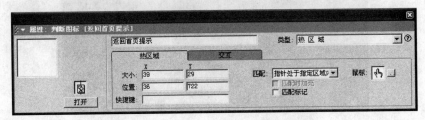

图 12-24　【属性：判断图标】控制面板

（22）双击打开"景点控制"图标，调整热区域大小和位置，并且"返回首页"热区域与"返回首页提示"热区域大小位置重合；"上一景点"热区域与"上一景点提示"热区域大小、位置重合；"下一景点"热区域与"下一景点提示"热区域大小、位置重合，如图 12-25 所示。

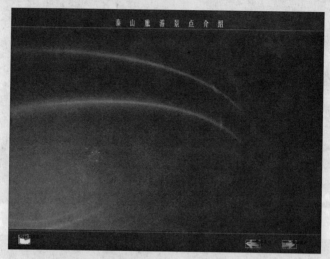

图 12-25　"景点控制"图标中热区域位置

12.3.3　内容制作

（1）关闭"泰山景点"图标，返回到主流程线上，向"泰山景点"图标右侧拖放 16 个群组图标，分别命名为"岱庙介绍"、"岱宗坊介绍"、"王母池介绍"、"红门宫介绍"、"经石峪介绍"、"壶天阁介绍"、"中天门介绍"、"步云桥介绍"、"五松亭介绍"、"十八盘介绍"、"升仙坊介绍"、"南天门介绍"、"碧霞祠介绍"、"天街介绍"、"玉皇顶介绍"和"后石坞介绍"。

（2）双击打开"岱庙介绍"图标，向流程线上拖放一个显示图标，命名为"岱庙简介"，双击打开"岱庙简介"图标，利用文本工具输入关于岱庙的相关信息，利用选择工具调整文本样式和位置，如图 12-26 所示。

图 12-26　"岱庙简介"图标中文本样式和位置

（3）选择【文件】/【导入和导出】/【导入媒体】菜单命令，插入景点图片，如图 12-27
所示。

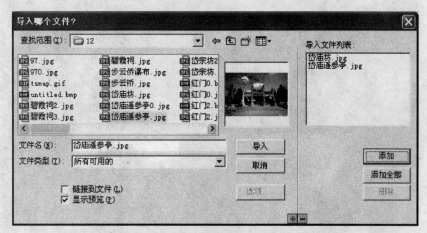

图 12-27 向流程线上导入文件

（4）运行程序调整景点图片的大小和位置，如图 12-28 所示。

图 12-28 "岱庙介绍"图标演示效果

（5）设置每个显示图标显示效果，提高视觉效果。

（6）应用同样的方法添加"岱宗坊介绍"、"王母池介绍"、"红门宫介绍"、"经石峪介
绍"、"壶天阁介绍"、"中天门介绍"、"步云桥介绍"、"五松亭介绍"、"十八盘介绍"、"升仙
坊介绍"、"南天门介绍"、"碧霞祠介绍"、"天街介绍"、"玉皇顶介绍"和"后石坞介绍"图标
中的文本信息和景点图片，如图 12-29 至图 12-43 所示。

图 12-29　"岱宗坊介绍"图标演示效果

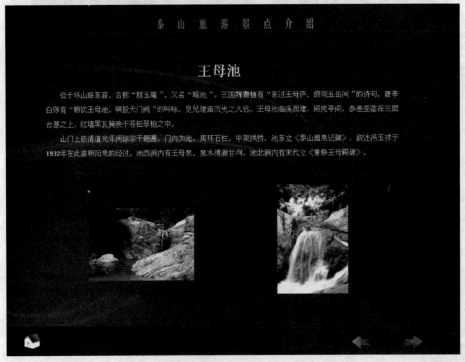

图 12-30　"王母池介绍"图标演示效果

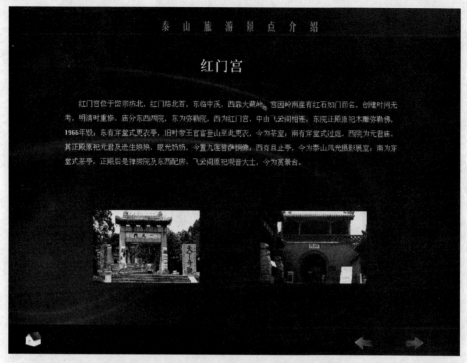

图 12-31　"红门宫介绍"图标演示效果

图 12-32　"经石峪介绍"图标演示效果

图 12-33　"壶天阁介绍"图标演示效果

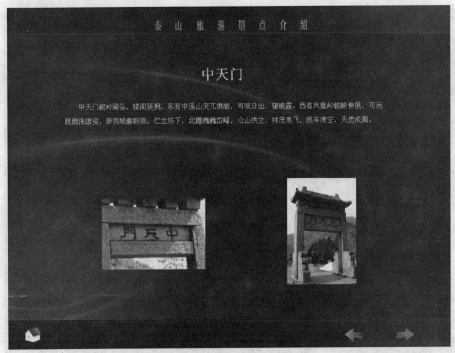

图 12-34　"中天门介绍"图标演示效果

图 12-35　"步云桥介绍"图标演示效果

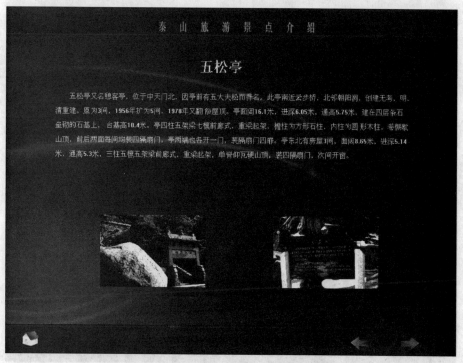

图 12-36　"五松亭介绍"图标演示效果

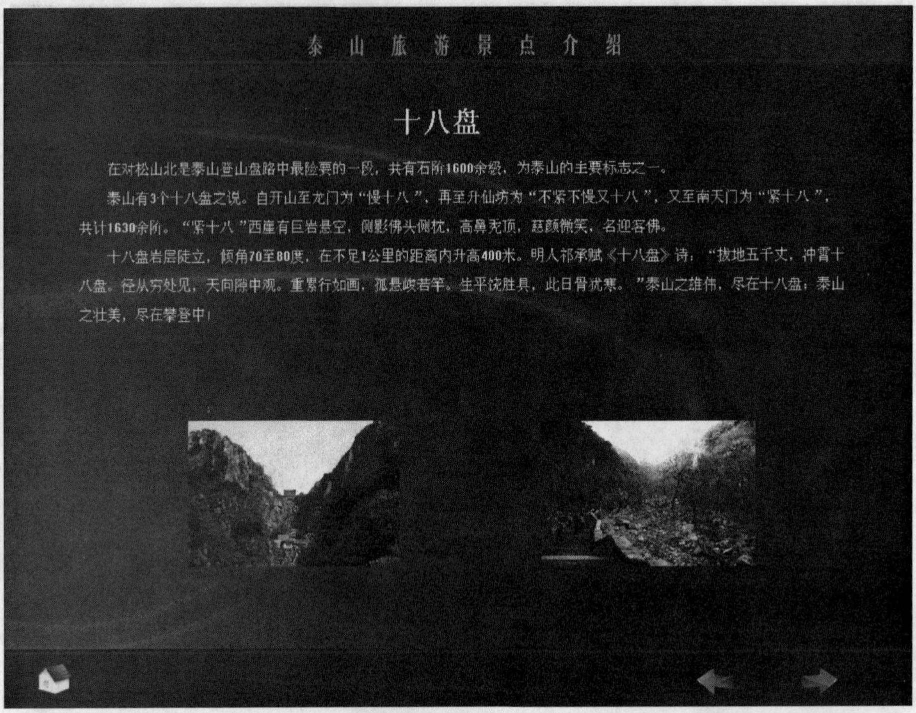

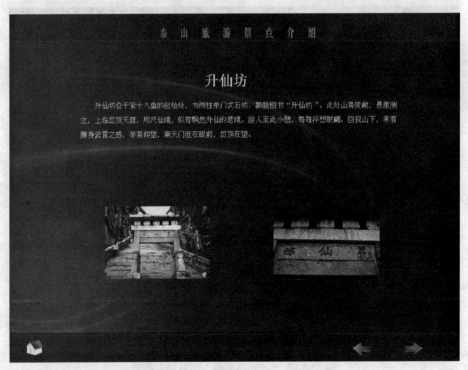

图 12-37 "十八盘介绍"图标演示效果

图 12-38 "升仙坊介绍"图标演示效果

图 12-39　"南天门介绍"图标演示效果

图 12-40　"碧霞祠介绍"图标演示效果

图 12-41   "天街介绍"图标演示效果

图 12-42   "玉皇顶介绍"图标演示效果

图 12-43　"后石坞介绍"图标演示效果

（7）打开"景点交互"图标右侧导航图标属性面板，设置【目的地】为"任意位置"，设置【类型】为"跳到页"，在【页】列表框中选择相应群组图标，如图 12-44 所示。

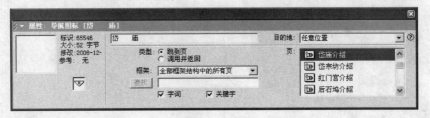

图 12-44　【属性：导航图标】控制面板

12.3.4　退出部分制作

双击打开"退出"图标，向流程线上拖放一个计算图标，命名为"退出程序"，双击打开"退出程序"图标，输入内容信息，关闭窗口并保存，如图 12-45 所示。

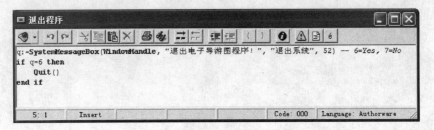

图 12-45　"退出程序"图标中信息

至此，电子导游图的制作过程全部介绍完毕，运行程序，可以选择旅游景点进行查看。

扩展训练

根据本章实例扩展制作一个"西部之旅电子导游图"，要求：

（1）在主界面中添加所有旅游景区链接。

（2）添加景区景点内容，根据不同景区设定不同背景音乐和背景图片及显示效果。

（3）主要景区添加视频演示文件。

（4）添加旅游安全常识等。

第 13 章 毕业生自荐光盘制作实例

在校的大四毕业生面临着毕业、就业的问题，找工作或找一个好的工作，是每一个大学生的心愿，而递交给用人单位书面的自荐书已经成为面试前的敲门砖。对于非计算机专业的学生而言，如果将自己爱好的计算机知识作为工具，用多媒体技术制作一个自荐光盘，对就业有很大的帮助，利用 Authorware 多媒体制作工具争取在短时间内完成自荐光盘的制作。为寻求工作助一臂之力。

13.1 实例简介与实例效果

13.1.1 实例简介

本章以制作毕业生自荐光盘为例，应用显示图标、交互图标、计算图标、框架图标、外部函数、视频图标和声音图标等，制作了一张声图并茂的毕业生自荐光盘。

13.1.2 实例效果

按照实际应用要求，实例的完整效果如图 13-1 至图 13-6 所示。

图 13-1 首页界面效果

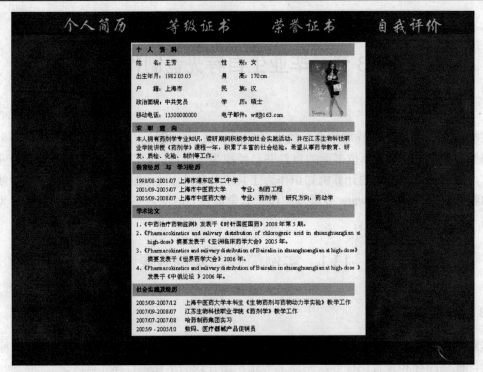

图 13-2 个人简历界面

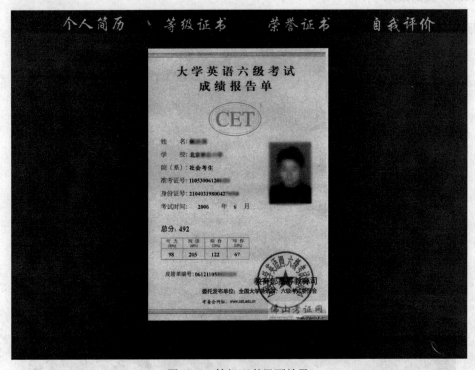

图 13-3 等级证书界面效果

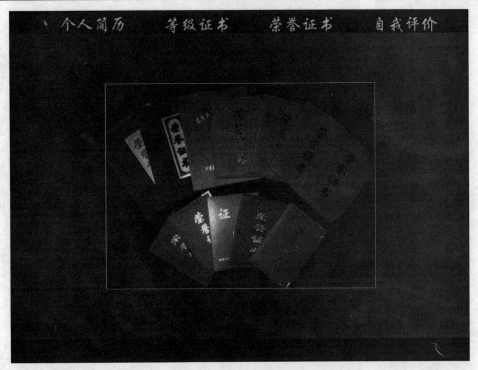

图 13-4　荣誉证书界面效果

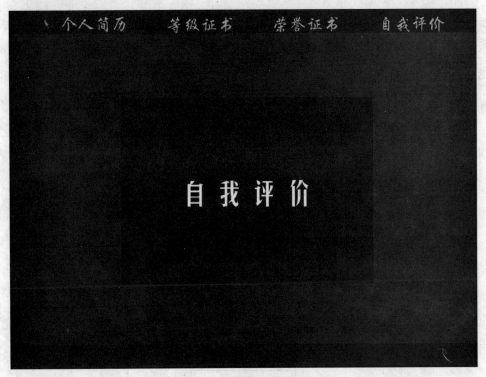

图 13-5　自我评价界面效果

图 13-6　退出界面效果

13.2　制作分析

13.2.1　制作特点

本实例主要利用文本、图片、视频来介绍自荐人的基本情况，通过视频记录教师、实习单位领导对自荐人的评价和自我评价。

13.2.2　结构分析

为了在制作实例过程中有一个清晰的思路，设计本案例结构分析如图 13-7 所示。

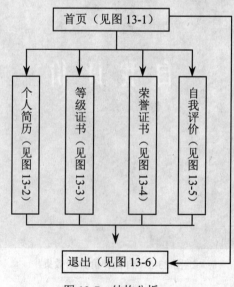

图 13-7　结构分析

13.3 制作过程

13.3.1 新建文档与片头制作

（1）新建一个文件，命名为"毕业生自荐光盘制作.a7p"，并将其文件保存。

（2）从主菜单中选择【修改】/【文件】/【属性】命令，打开【属性：文件】控制面板，设置【背景色】为"黑色"，设置【大小】属性为 1024×768（SVGA，Mac17"），设置【选项】属性为"屏幕居中"，定义标题名称为"毕业生自荐光盘"，如图 13-8 所示。

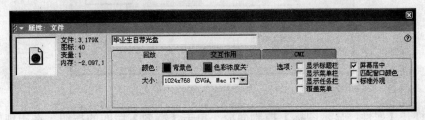

图 13-8 【属性：文件】控制面板

13.3.2 主界面制作

（1）向流程线上拖放一个计算图标，命名为"初始化变量"，打开【函数】窗口加载外部函数，如图 13-9 所示。

图 13-9 加载外部函数

（2）双击打开"初始化变量"图标，输入内容信息，关闭窗口并保存，如图 13-10 所示。

图 13-10 "初始化变量"图标中信息

（3）向"初始化变量"图标下面拖放一个显示图标，命名为"首页"，双击打开"首页"图标，选择【文件】/【导入和导出】/【导入媒体】菜单命令，插入首页图片，如图 13-11 所示。

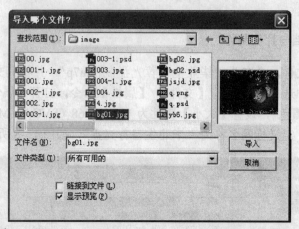

图 13-11　向"首页"图标中导入图片

（4）打开【属性：显示图标】控制面板，单击【特效】后面的按钮，在出现的【特效方式】对话框中选择 Random Rows 效果，如图 13-12 所示。

图 13-12　"首页"图标显示效果

（5）向"首页"图标下面拖放一个交互图标，命名为"栏目交互"，向"栏目交互"图标右侧拖放一个导航图标，选择【按钮】交互类型，如图 13-13 所示。

（6）继续再向"栏目交互"右侧拖放 3 个守航图标，分别给 4 个图标命名为"个人简历"、"等级证书"、"荣誉证书"和"自我评价"，向"自我评价"右侧拖放一个计算图标，命名为"退出"，打开【属性：判断图标】控制面板，自定义按钮样式，如图 13-14 所示。

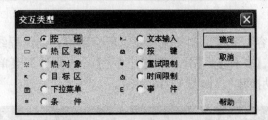

图 13-13　选择交互类型

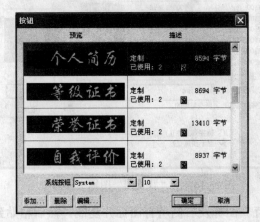

图 13-14　自定义按钮样式

（7）双击打开"栏目交互"图标，调整按钮位置，如图 13-15 所示。

图 13-15　"栏目交互"图标中按钮位置

13.3.3　内容制作

（1）向"栏目交互"图标下面拖放一个框架图标，命名为"内容"，向"内容"图标右侧拖放 4 个群组图标，分别命名为"个人简历内容"、"等级证书内容"、"荣誉证书内容"和"自我评价内容"。

（2）双击打开"内容"图标，删除流程线上所有图标，向流程线上拖放一个显示图标，命名为"背景图"，选择【文件】/【导入和导出】/【导入媒体】菜单命令，插入背景图片，并设置属性为"防止自动擦除"，如图 13-16 所示。

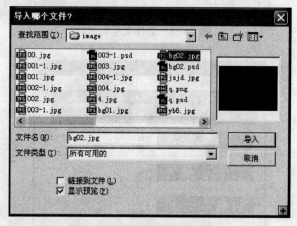

图 13-16　向"背景图"图标中导入图片

（3）选中"栏目交互"图标及右侧所有图标并复制，然后粘贴到"背景图"图标下面，分别修改"项目交互"图标和"退出"图标，名称为"内容交互"和"返回"，打开【属性：判断图标】控制面板，选择【交互】选项卡，设置【范围】为"永久"，设置【分支】为"重试"，如图 13-17 所示。

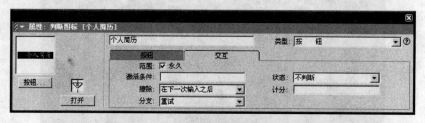

图 13-17　【属性：判断图标】控制面板

（4）打开"个人简历"图标【属性：导航图标】控制面板，设置【目的地】为"任意位置"，设置【类型】为"跳到页"，在【页】列表框中选择"个人简历内容"，如图 13-18 所示。

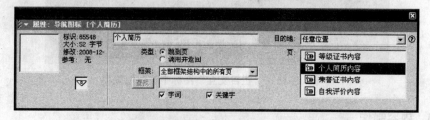

图 13-18　【属性：导航图标】控制面板

（5）设置"等级证书"图标跳转到"等级证书内容"图标；设置"荣誉证书"图标跳转到"荣誉证书内容"图标；设置"自我评价"跳转到"自我评价内容"图标。

（6）双击打开"返回"图标，输入内容信息，关闭窗口并保存，如图 13-19 所示。

图 13-19 "返回"图标中信息

（7）双击打开"内容交互"图标，调整按钮文件，如图 13-20 所示。

图 13-20 "内容交互"图标中按钮位置

（8）双击打开"个人简历内容"图标，向流程线上拖放一个显示图标，命名为"简历"，双击打开"简历"图标，利用工具箱中的工具，制作个人信息简历，如图 13-21 所示。

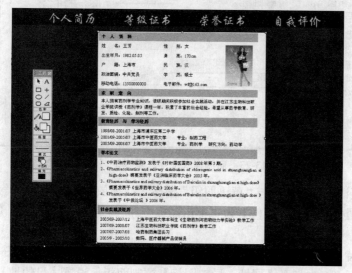

图 13-21 "简历"图标中信息

（9）打开"简历"图标的【属性：显示图标】控制面板，单击【特效】后面的按钮，在出现的【特效方式】对话框中选择"Dissolve,Patterns"效果，如图 13-22 所示。

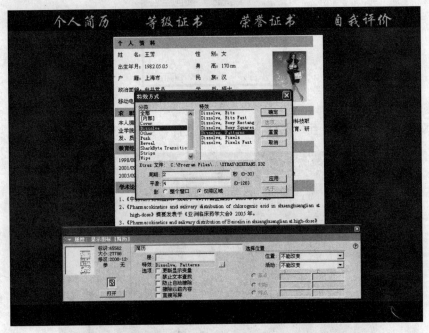

图 13-22　"简历"图标显示效果

（10）双击打开"等级证书内容"图标，选择【文件】/【导入和导出】/【导入媒体】菜单命令，插入等级证书相关图片，打开【属性：显示图标】控制面板，设置每个显示图标，显示效果如图 13-23 所示。

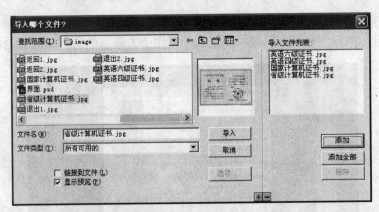

图 13-23　向流程线上导入多张证书图片

（11）向"英语六级"图标与"英语四级"图标之间拖放一个等待图标，双击打开【属性：等待图标】控制面板，设置【事件】为"单击鼠标"和"按任意键"，设置【时限】为 5 秒，如图 13-24 所示。

（12）将等待图标复制并粘贴到每个显示图标界面，向流程线上最后一个等待图标下面拖放一个导航图标，双击打开【属性：导航图标】控制面板，设置【目的地】为"任意位置"，

设置【类型】为"跳到页",在【页】列表框中选择"等级证书内容",作用为重复显示,如图
13-25 所示。

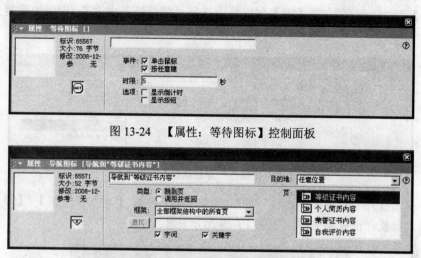

图 13-24　【属性:等待图标】控制面板

图 13-25　【属性:导航图标】控制面板

(13)双击打开"荣誉证书内容"图标,选择【文件】/【导入和导出】/【导入媒体】菜
单命令,插入荣誉证书相关图片,打开【属性:显示图标】控制面板,设置每个显示图标,显
示效果如图 13-26 所示。

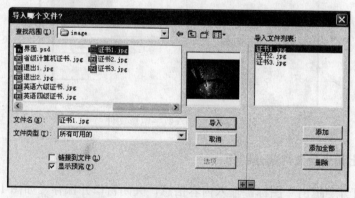

图 13-26　向流程线上导入多张证书图片

(14)向"证书 1"图标与"证书 2"图标之间拖放一个等待图标,双击打开【属性:等
待图标】控制面板,设置【事件】为"单击鼠标"和"按任意键",设置【时限】为 5 秒,如
图 13-27 所示。

图 13-27　【属性:等待图标】控制面板

（15）将等待图标复制并粘贴到每个显示图标界面，向流程线上最后一个等待图标下面拖放一个导航图标，双击打开【属性：导航图标】控制面板，设置【目的地】为"任意位置"，设置【类型】为"跳到页"，在【页】列表框中选择"荣誉证书内容"，作用为重复显示，如图13-28 所示。

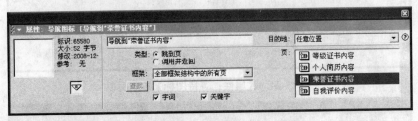

图 13-28 【属性：导航图标】控制面板

（16）双击打开"自我评价内容"图标，选择【文件】/【导入和导出】/【导入媒体】菜单命令，插入自我评价视频文件，如图 13-29 所示。

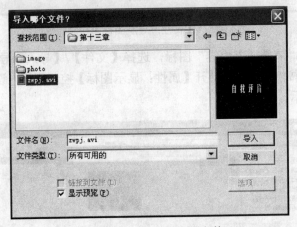

图 13-29 导入数字电影文件

13.3.4 退出和光盘文件部分制作

（1）双击打开"退出"图标，输入内容信息，关闭窗口并保存，如图 13-30 所示。

图 13-30 "退出"图标中信息

（2）选择【调试】/【重新开始】菜单命令，运行程序进行测试，选择【文件】/【发布】/【打包】菜单命令，打开【打包文件】对话框，具体设置如图 13-31 所示。

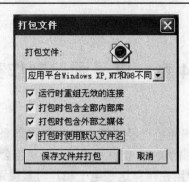

图 13-31　【打包文件】对话框

（3）将有关于毕业生自荐光盘的文件放到一个文件夹下，在文件夹中建立一个文本文件，命名为 AUTORUN.INF，双击打开 AUTORUN.INF 文件，输入相关信息，关闭文件并保存，如图 13-32 所示。

图 13-32　AUTORUN.INF 文件中信息

至此毕业生自荐光盘制作完成，利用光盘刻录软件将文件刻录到光盘中，刻录完成后进行测试，看是否能够正常运行，将测试好的光盘粘贴上盘贴，装盘盒进行包装，将包装好的光盘投递给招聘单位。

扩展训练

根据本章实例，进行功能扩展，要求：
（1）添加多个栏目。
（2）在每个栏目中添加交互功能。

第 14 章　电子画册制作实例

随着数字时代的到来，数码相机已经逐渐进入到普通家庭的生活，人们可以拿着数码相机随心所欲地捕捉各种各样精彩的镜头。但久而久之，用户就会发现那些曾经让您喜悦、感动、忧伤的照片占满了硬盘，不仅使用在保存这些电子相片时显得束手无策，而且在浏览它们时也倍感生硬，毫无活力。有什么样的软件既能保存好这些珍贵的记忆，又能把它们生动地呈现在眼前？Authorware 软件是制作多媒体光盘的首选工具。

14.1　实例简介与实例效果

14.1.1　实例简介

本章以制作电子画册为例，应用显示图标、交互图标、计算图标、导航图标、框架图标、外部函数、视频图标和声音图标等，制作一个电子画册。

14.1.2　实例效果

按照实际应用要求，实例完整效果如图 14-1 至图 14-7 所示。

图 14-1　电子画册片头

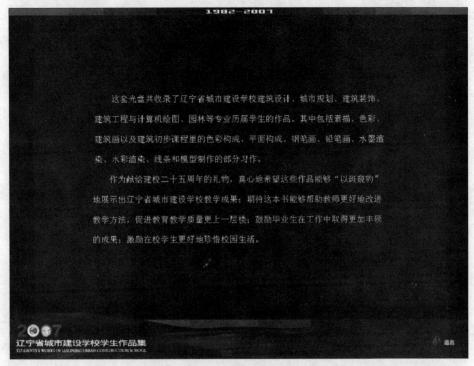

图 14-2　电子画册序

图 14-3　电子画册栏目

图 14-4　电子画册内容

图 14-5　电子画册查询功能

图 14-6　退出电子画册

图 14-7　电子画册制作小组

14.2 制作分析

14.2.1 制作特点

本实例主要利用文本、图片、视频等提供的多媒体信息，通过 Authorware 软件进行程序设计，合理分配栏目内容，并根据浏览要求设置查询功能。

14.2.2 结构分析

为了在制作实例过程中有一个清晰的思路，设计本案例结构分析如图 14-8 所示。

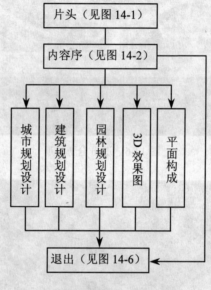

图 14-8 结构分析

14.3 制作过程

14.3.1 新建文档与主界面制作

（1）新建一个文件，命名为"电子画册制作实例.a7p"，并将其文件保存。

（2）从主菜单中选择【修改】/【文件】/【属性】命令，打开【属性：文件】控制面板，设置【背景色】为"黑色"，设置【大小】属性为 1024×768（SVGA，Mac17"），设置【选项】属性为 "屏幕居中"，定义标题名称为"电子画册"，如图 14-9 所示。

14.3.2 主界面制作

（1）向流程线上拖放一个计算图标，命名为"定义函数"，双击打开"定义函数"图标，加载外部函数，关闭窗口并保存，如图 14-10 所示。

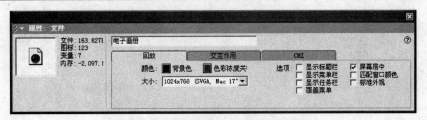

图 14-9 【属性：文件】控制面板

图 14-10 "定义函数"图标中信息

（2）选择【文件】/【导入和导出】/【导入媒体】菜单命令，插入片头视频文件，调整文件位置并修改图标名称为"片头"，如图 14-11 所示。

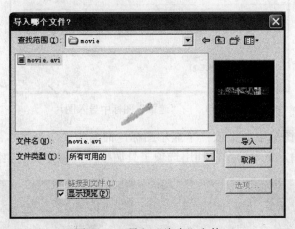

图 14-11 导入"片头"文件

（3）向"片头"图标下面拖放一个擦除图标，命名为"擦除片头"，双击打开【属性：擦除图标】控制面板，选择"片头"图标作为擦除对象并设置擦除效果，如图 14-12 所示。

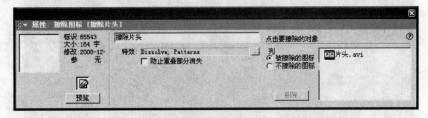

图 14-12 【属性：擦除图标】控制面板

（4）选择【文件】/【导入和导出】/【导入媒体】菜单命令，插入背景音乐文件，双击打开【属性：声音图标】控制面板，修改图标名称为"背景音乐"，设置【执行方式】为"同时"，【播放】为"直到为真"，如图 14-13 所示。

图 14-13 　【属性：声音图标】控制面板

（5）向"背景音乐"图标下面拖放一个显示图标，命名为"遮罩"，双击打开"遮罩"图标，选择【文件】/【导入和导出】/【导入媒体】菜单命令，插入遮罩文件，如图 14-14 所示。

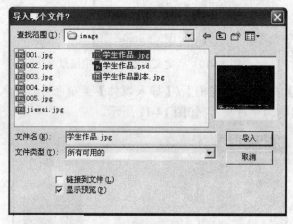

图 14-14 　向"遮罩"图标中导入图片

（6）向"遮罩"图标下面拖放一个显示图标，命名为"序文字"，双击打开"序文字"图标，利用文本工具输入文本信息，利用选项工具调整样式和位置，如图 14-15 所示。

图 14-15 　"序文字"图标中文本样式和位置

（7）向"序文字"下面拖放一个移动图标，命名为"序滚动"，双击打开【属性：移动图标】控制面板，选择"序文字"图标作为移动对象，设置【定时】为"速率"，值为"2"，【目标】坐标为(515,355)，如图 14-16 所示。

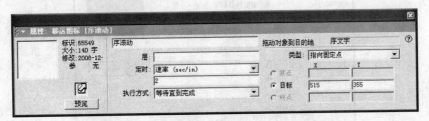

图 14-16　【属性：移动图标】控制面板

（8）向"序滚动"图标下面拖放一个等待图标，双击打开【属性：等待图标】控制面板，设置【事件】为"单击鼠标"和"按任意键"，设置【时限】为 5 秒，等待目的是停留文字，如图 14-17 所示。

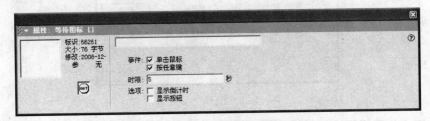

图 14-17　【属性：等待图标】控制面板

（9）向等待图标下面拖放一个擦除图标，命名为"擦除序"，双击打开【属性：擦除图标】控制面板，选择"遮罩"图标和"序文字"图标作为擦除对象，如图 14-18 所示。

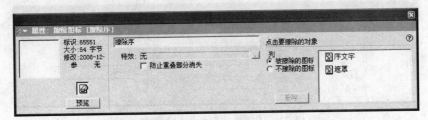

图 14-18　【属性：擦除图标】控制面板

（10）向"擦除序"图标下面拖放一个框架图标，命名为"画册栏目"，向"画册栏目"图标右侧拖放 5 个群组图标，分别命名为"1、城市规划设计"、"2、建筑规划设计"、"3、园林规划设计"、"4、3D 效果图"和"5、平面构成"；双击打开"画册栏目"图标，删除流程线上所有图标。

（11）向流程线上拖放一个显示图标，命名为"背景"，双击打开"背景"图标，选择【文件】/【导入和导出】/【导入媒体】菜单命令，插入背景图片，如图 14-19 所示。

（12）向"背景"图标下面拖放一个交互图标，命名为"内容交互"，向"内容交互"图标右侧拖放一个导航图标，选择【热区域】交互类型，如图 14-20 所示。

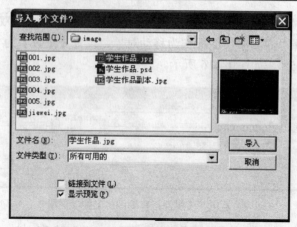

图 14-19　向"背景"图标中导入图片

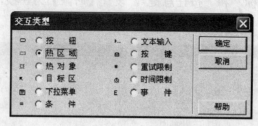

图 14-20　选择交互类型

（13）双击打开【属性：判断图标】控制面板，修改图标名称为"城市规划设计"，设置【匹配】为"单击"，设置【鼠标】为"手型"。选择【交互】选项卡，设置【范围】为"永久"，设置【分支】为"返回"，如图 14-21 所示。

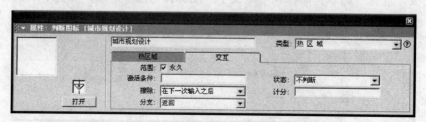

图 14-21　【属性：判断图标】控制面板

（14）向"城市规划设计"图标右侧拖放 5 个导航图标，分别命名为"建筑规划设计"、"园林规划设计"、"3D 效果图"、"平面构成"和"查询"。

（15）双击打开每个【属性：导航图标】控制面板，设置对应选项内容，如图 14-22 所示。

图 14-22　【属性：导航图标】控制面板

（16）双击打开"查询"图标【属性：导航图标】控制面板，设置【目的地】为"查找"，其他项为默认值，如图 14-23 所示。

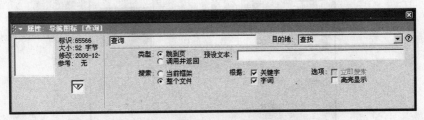

图 14-23　【属性：导航图标】控制面板

（17）双击打开"内容交互"图标，调整热区域大小和位置，如图 14-24 所示。

图 14-24　"内容交互"图标中热区域交互位置

14.3.3　内容制作

（1）双击打开"1、城市规划设计"图标，向流程线上显示图标，命名为 a01，双击打开 a01 图标，选择【文件】/【导入和导出】/【导入媒体】菜单命令，插入栏目主题图片，如图 14-25 所示。

（2）打开【属性：显示图标】控制面板，设置【选项】为"擦除以前内容"，设置【特效】为"Dissolve, Patterns"，如图 14-26 所示。

（3）向 a01 图标下面拖放一个等待图标，双击打开【属性：等待图标】控制面板，设置【事件】为"单击鼠标"和"按任意键"，设置【时限】为 3 秒，等待目的是停留文字，如图 14-27 所示。

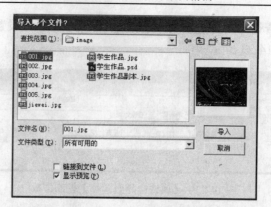

图 14-25　向 a01 图标中导入图片

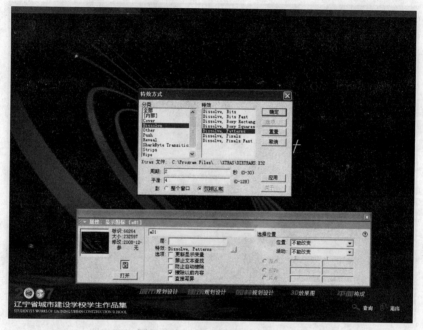

图 14-26　a01 图标属性设置

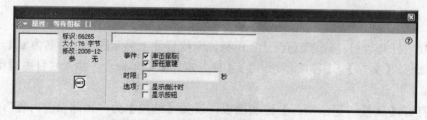

图 14-27　【属性：等待图标】控制面板

（4）向等待图标下面拖放一个擦除图标，双击打开【属性：擦除图标】控制面板，选择 a01 图标作为擦除对象，设置【特效】为"Dissolve, Patterns"，如图 14-28 所示。

（5）重复（1）～（4）操作，添加有关于城市规划设计的图片素材，在最后一个擦除图标下面拖放一个导航图标，双击打开【属性：导航图标】控制面板，设置【目的地】为"任意位置"，【类型】为"跳到页"，在【页】列表框中选择"2、建筑规划设计"，如图 14-29 所示。

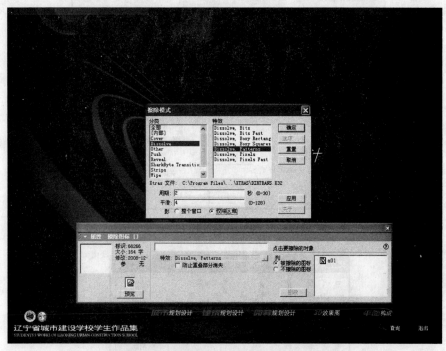

图 14-28　【属性：擦除图标】控制面板

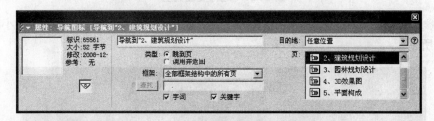

图 14-29　【属性：导航图标】控制面板

（6）按照上面的步骤制作"2、建筑规划设计"、"3、园林规划设计"、"4、3D 效果图"和"5、平面构成"栏目中的内容，每个导航图标都指向下一个栏目，但是"5、平面构成"图标中的导航图标指向"1、城市规划设计"，目的是为了使画册循环播放。

（7）在"1、城市规划设计"图标上右击，在弹出的快捷菜单中选择【关键字】命令，在弹出的【关键字】对话框中，设置【关键字】为"城市规划设计"后单击【添加】按钮，这时在关键字列表框中会显示一个关键字，一个图标可以添加多个关键字，添加完成后单击【完成】按钮，如图 14-30 所示。

（8）利用同样的方法为所有需要查询的图标添加关键字。

14.3.4　退出部分制作

（1）在"背景音乐"图标下面拖放一个交互图标，命名为"退出"，向"退出"图标右侧拖放一个群组图标，选择【热区域】交互类型，如图 14-31 所示。

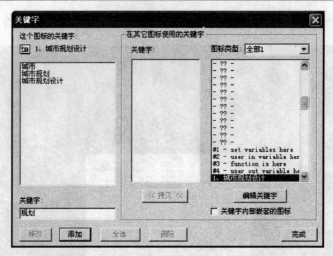

图 14-30　为图标添加关键字已备查询

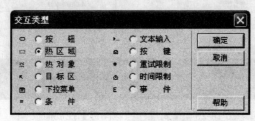

图 14-31　选择交互类型

（2）修改群组图标名为"判断"，双击打开"退出"图标，调整热区域的大小和位置，如图 14-32 所示。

图 14-32　"退出"图标中热区域的大小和位置

（3）双击打开【属性：判断图标】控制面板，设置【匹配】为"单击"，设置【鼠标】为"手型"。选择【交互】选项卡，设置【范围】为"永久"，【分支】为"返回"，如图 14-33 所示。

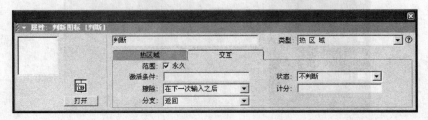

图 14-33　【属性：判断图标】控制面板

（4）双击打开"判断"图标，在流程线上添加一个 Message Box Knowledge Object 知识对象，在屏幕上会出现 Message Box Knowledge Object 知识对象向导 Introduction 窗口，如图 14-34 所示。

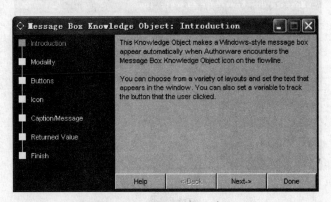

图 14-34　Introduction 窗口

（5）单击 Next 按钮显示 Message Box Knowledge Object 知识对象向导 Modality 窗口，选择 Task Modal 单选按钮，如图 14-35 所示。

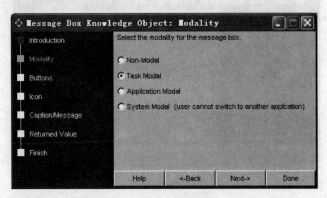

图 14-35　Modality 窗口

（6）单击 Next 按钮，显示 Message Box Knowledge Object 知识对象向导 Buttons 窗口，选项如图 14-36 所示。

图 14-36　　Buttons 窗口选项

（7）单击 Next 按钮，显示 Message Box Knowledge Object 知识对象向导 Icon 窗口，选项如图 14-37 所示。

图 14-37　Icon 窗口选项

（8）单击 Next 按钮，显示 Message Box Knowledge Object 知识对象向导 Caption/Message 窗口，输入文字如图 14-38 所示。

图 14-38　Caption/Message 窗口文字信息

（9）单击 Next 按钮，显示 Message Box Knowledge Object 知识对象向导 Returned Value 窗口，在 Return Variable Name 文本框中输入=x，如图 14-39 所示。

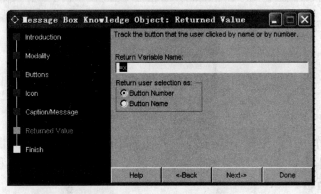

图 14-39 Returned Value 窗口

（10）单击 Next 按钮，显示 Message Box Knowledge Object 知识对象向导 Finish 对话框，单击 Done 按钮设置完成。

（11）拖放一个决策判断图标到 Message Box Knowledge Object 知识对象下面命名为"判断是否"，双击"判断"图标设置其属性，如图 14-40 所示。

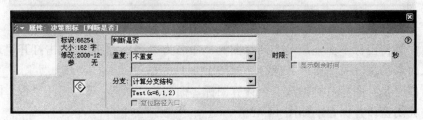

图 14-40 "判断"图标属性设置

（12）向"判断是否"图标右侧拖放一个群组图标到"判断"图标右侧，命名为"是"，双击打开"是"图标，选择【文件】/【导入和导出】/【导入媒体】菜单命令，插入制作小组图片，并设置【特效】为"Dissolve, Patterns"，如图 14-41 所示。

图 14-41 导入制作小组信息图片

（13）在"制作小组"图标上右击，在弹出的快捷菜单中选择【计算】命令，在出现的窗口中输入内容信息，关闭窗口并保存，如图 14-42 所示。

图 14-42   "制作小组"图标中信息

（14）向"制作小组"图标下面拖放一个等待图标，双击打开【属性：等待图标】控制面板，设置【事件】为"单击鼠标"和"按任意键"，设置【时限】为 3 秒，等待目的是停留文字，如图 14-43 所示。

图 14-43   【属性：等待图标】控制面板

（15）向等待图标下面拖放一个计算图标，命名为"退出程序"，双击打开"退出程序"图标，输入内容信息，关闭窗口并保存，如图 14-44 所示。

（16）向"是"图标右侧拖放一个计算图标，命名为"否"，双击打开"否"图标，输入内容信息，关闭窗口并保存，如图 14-45 所示。

   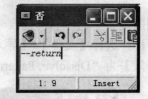

图 14-44   "退出程序"图标中信息   图 14-45   "否"图标中信息

至此电子画册制作完成，运行程序可以进行电子相册程序测试，根据个人要求可以将制作好的电子画册进行光盘包装赠予他人。

扩展训练

根据本章实例进行功能扩展，制作一张电子相册演示光盘，要求：

（1）以摄影采风为主题。

（2）以摄影风格为栏目划分。

（3）在照片中注明照片参数。

（4）具有合理的交互和查找功能。

第 15 章　学生管理系统软件制作实例

现在市面上有许多数据库管理软件，比如用 VB、VC、Delphi 和 Java 等编程软件制作的数据库管理软件。应用的数据库一般为 SQL、Access、FoxPro 等软件生成数据库，如果能够使用 Authorware 制作访问数据库管理软件，就丰富了 Authorware 的使用功能，为此本章以学生管理系统为例，介绍 Authorware 访问数据库等功能。

15.1　实例简介与实例效果

15.1.1　实例简介

本章以学生管理系统软件的制作为例，通过函数来访问数据库显示数据库中信息，并对数据库进行存储和查看等操作。

15.1.2　实例效果

本实例主要实现对数据库的存储、查看等操作，完整效果如图 15-1 至图 15-8 所示。

图 15-1　进入系统界面

图 15-2　主界面

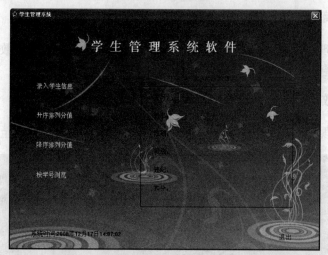

图 15-3　录入学生信息界面

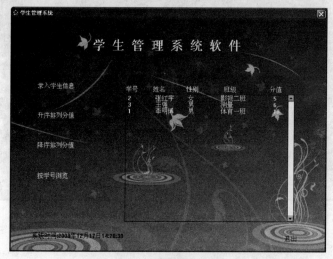

图 15-4　升序排列分值界面

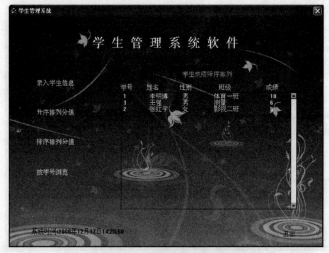

图 15-5　降序排列分值界面

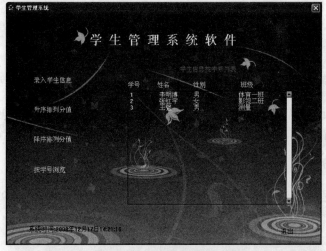

图 15-6　浏览学生信息界面

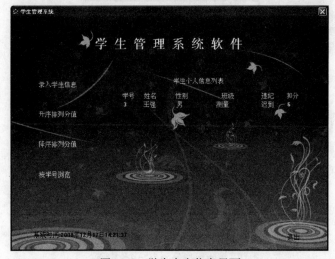

图 15-7　学生个人信息界面

图 15-8　退出学生管理系统界面

15.2　制作分析

15.2.1　制作特点

通过 Authorware 制作操作界面，利用函数来访问数据库，实现对数据库的操作，从而实现数据库的管理功能。

15.2.2　结构分析

为了在制作过程中有清晰的制作思路，设计本案例结构分析如图 15-9 所示。

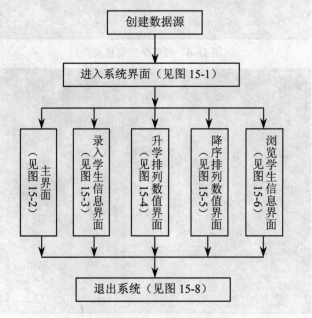

图 15-9　结构分析

15.3 制作过程

15.3.1 创建数据库和数据源

（1）通过 Access 创建一个数据库文件。选择【开始】【所有程序】/Microsoft Office/Microsoft Office Access 2003 命令，打开 Access 数据库程序，如图 15-10 所示。

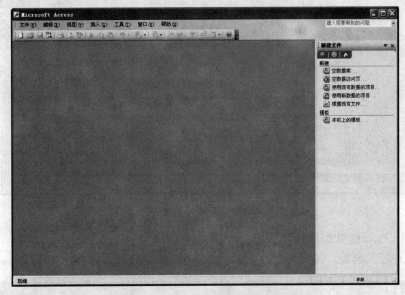

图 15-10 Access 数据库程序窗口

（2）选择右侧空数据库，新建一个空白数据库，命名为 Student.mdb，如图 15-11 所示。

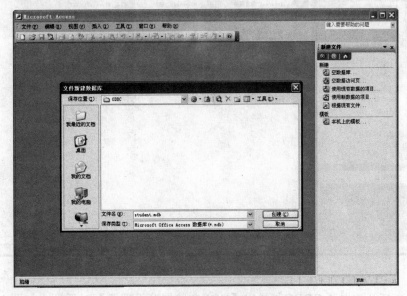

图 15-11 新建 Student.mdb 数据库

（3）创建一个新表命名为 Student，并建立学号、姓名、性别、违纪、班级和扣分字段，如图 15-12 所示。

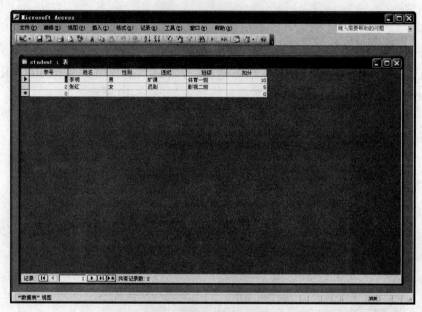

图 15-12　Student 表中字段

（4）关闭 Access 数据库程序窗口并保存。

（5）打开控制面板，选择管理工具来建立 ODBC 数据源，如图 15-13 所示。

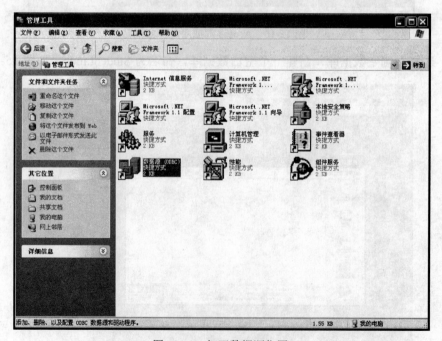

图 15-13　打开数据源位置

（6）双击打开数据源 ODBC，弹出【ODBC 数据源管理器】对话框，如图 15-14 所示。

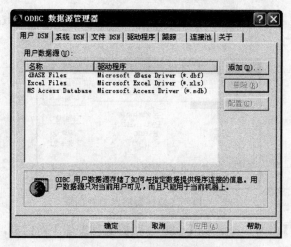

图 15-14　【ODBC 数据源管理器】对话框

（7）单击【添加】按钮，弹出创建新数据源窗口，选择 Microsoft Access Driver 选项，如图 15-15 所示。

图 15-15　创建新数据源对话框

（8）单击【完成】按钮，弹出【ODBC Microsoft Access 安装】对话框，在【数据源名】文本框中输入 student，如图 15-16 所示。

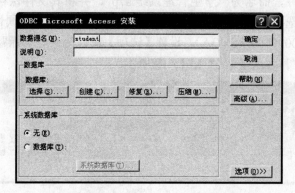

图 15-16　【ODBC Microsoft Access 安装】对话框

（9）单击【选择】按钮，弹出【选择数据库】对话框，从中选择数据库位置，如图 15-17 所示。

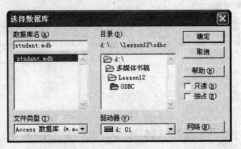

图 15-17　【选择数据库】对话框

（10）单击【确定】按钮，返回到【ODBC 数据源管理器】对话框，列表框中显示 student 数据源，如图 15-18 所示。

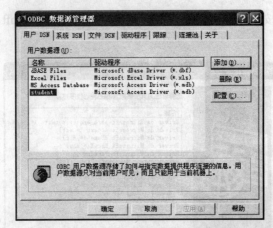

图 15-18　【ODBC 数据源管理器】对话框中 Student 数据源

（11）单击【确定】按钮，ODBC 数据源设置完成。

至此，学生管理系统软件的数据库创建完成。

15.3.2　新建文档与主界面的制作

（1）新建一个文件，命名为"学生管理系统.a7p"，并将其文件保存。

（2）从主菜单中选择【修改】/【文件】/【属性】命令，打开【属性：文件】控制面板，设置【大小】属性为 800×600（SVGA），设置【选项】属性为"显示标题栏"和"屏幕居中"，定义标题名称为"学生管理系统"，如图 15-19 所示。

图 15-19　设置文件属性

（3）向流程线上拖放一个计算图标，命名为"定义标题名称"，双击打开"定义标题名称"图标，输入内容信息，关闭窗口并保存，如图 15-20 所示。

图 15-20 "定义标题名称"图标中信息

（4）向"定义标题名称"图标下面拖放一个显示图标，命名为"背景"，双击打开"背景"图标，选择【文件】/【导入和导出】/【导入媒体】菜单命令，插入背景图片，如图 15-21 所示。

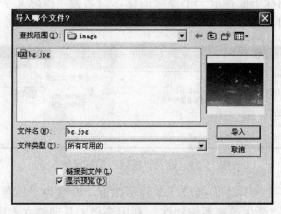

图 15-21 向"背景"图标中导入背景图片

（5）向"背景"图标下面拖放一个显示图标，命名为"文字"，双击打开"文字"图标，利用文本工具输入"学生管理系统软件"，利用选择工具修改文本样式和位置，如图 15-22 所示。

图 15-22 "文字"图标中文本样式和位置

（6）向"文字"图标下面拖放一个等待图标，命名为"等待"，打开【属性：等待图标】控制面板，设置【事件】为"单击鼠标"和"按任意键"，设置【时限】为 2 秒，如图 15-23 所示。

图 15-23 　【属性：等待图标】控制面板

（7）向"暂停"图标下面拖放一个擦除图标，命名为"擦除文字"，设置"文字"图标为擦除对象，如图 15-24 所示。

图 15-24 　设置"擦除"图标属性

（8）向"擦除文字"图标下面拖放一个显示图标，命名为"标题"，双击打开"标题"图标，利用文本工具输入"学生管理系统软件"，利用选择工具调整文本样式和位置，如图 15-25 所示。

图 15-25 　"标题"图标中样式和位置

（9）向"标题"图标下面拖放一个显示图标，命名为"系统时间"，双击打开"系统时间"图标，选择文字工具并打开函数面板，选择"年"、"月"、"日"和"系统时间"函数，设置【选项】为"更新显示变量"，如图 15-26 所示。

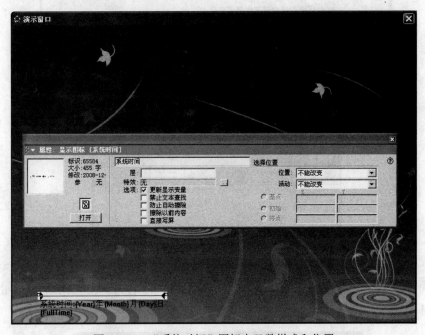

图 15-26 "系统时间"图标中函数样式和位置

（10）向"系统时间"图标下面拖放一个框架图标，命名为"访问数据库"，双击打开"访问数据库"图标，删除里面所有图标，向"访问数据库"图标右侧拖放一个导航图标和群组图标，分别命名为"退出图标"和"执行命令"，双击打开"退出图标"图标的【属性：导航图标】控制面板，设置【目的地】为"附近"，设置【页】为"退出框架/返回"，如图 15-27 所示。

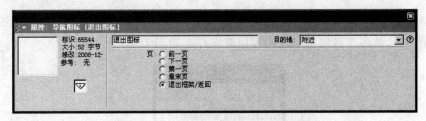

图 15-27 【属性：导航图标】控制面板

15.3.3 访问数据库制作

（1）双击打开"执行命令"图标，向流程线上拖放一个计算图标，命名为"连接数据库"，双击打开"连接数据库"图标，输入内容信息，关闭窗口并保存，如图 15-28 所示。

（2）向"连接数据库"图标下面拖放一个计算图标，命名为"发送命令"，双击打开"发送命令"图标，输入内容信息，关闭窗口并保存，如图 15-29 所示。

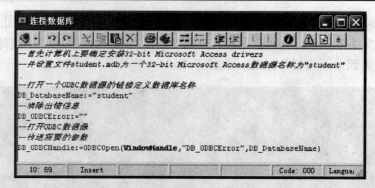

图 15-28　"连接数据库"图标中信息

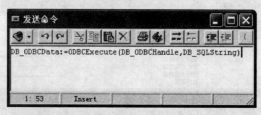

图 15-29　"发送命令" 图标中信息

（3）向"发送命令"图标下面拖放一个计算图标，命名为"检查错误"，双击打开"检查错误"图标，输入内容信息，关闭窗口并保存，如图 15-30 所示。

图 15-30　"检查错误"图标中信息

（4）向"检查错误"图标下面拖放一个计算图标，命名为"关闭数据库"，双击打开"关闭数据库"图标，输入内容信息，关闭窗口并保存，如图 15-31 所示。

图 15-31　"关闭数据库"图标中信息

（5）向"关闭数据库"图标下面拖放一个导航图标，命名为"返回"，双击打开"返回"图标，在【属性：导航图标】控制面板上设置【目的地】为"附近"，设置【页】为"退出框架/返回"，如图 15-32 所示。

以上介绍了主界面访问数据库的制作，下面制作信息录入部分。

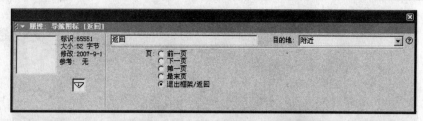

图 15-32　【属性：导航图标】控制面板

15.3.4　信息录入制作

（1）向"访问数据库"图标下面拖放一个交互图标，命名为"信息交互"，向"信息交互"图标右侧拖放一个群组图标，选择【热区域】交互类型，如图 15-33 所示。

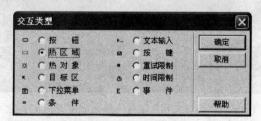

图 15-33　选择交互类型

（2）打开【属性：判断图标】控制面板，修改群组图标名称为"录入学生信息"，设置【鼠标】为"手型"。选择【交互】选项卡，设置【范围】为"永久"，设置【分支】为"返回"，如图 15-34 所示。

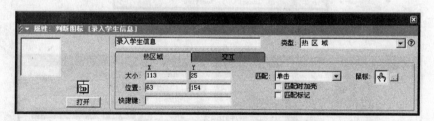

图 15-34　【属性：判断图标】控制面板

（3）继续向"录入学生信息"图标右侧拖放 4 个群组图标，分别命名为"升序排列数值"、"降序排列数值"、"学号查询"和"退出"。

（4）双击打开"信息交互"图标，利用文本工具输入文字，利用选择工具调整文本样式和位置，调整热区域交互的大小和位置，如图 15-35 所示。

（5）双击打开"录入学生信息"图标，向流程线上拖放一个计算图标，命名为"获得学号命令"，双击打开"获得学号命令"图标，输入内容信息，关闭窗口并保存，如图 15-36 所示。

（6）向"获得学号命令"图标下面拖放一个导航图标并双击，在【属性：导航图标】控制面板中设置【类型】为"调用并返回"，在【页】列表框中选择"执行命令"图标，如图 15-37所示。

图 15-35   "信息交互" 图标中热区域位置和文字提示

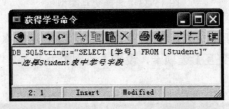

图 15-36   "获得学号命令" 图标中信息

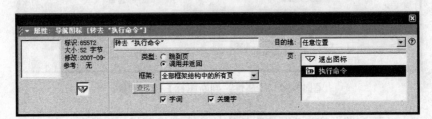

图 15-37   【属性：导航图标】控制面板

（7）向导航图标下面拖放一个显示图标，命名为"录入提示"，双击打开"录入提示"图标，利用文本工具输入信息提示文字信息，利用绘图工具绘制一个矩形，利用选择工具调整文本、矩形样式和位置，如图 15-38 所示。

（8）向"录入提示"图标下面拖放一个群组图标，命名为"学号"，双击打开"学号"图标，向流程线上拖放一个交互图标，命名为"学号"，向"学号"图标右侧拖放一个群组图标，选择【文本输入】交互类型，如图 15-39 所示。

（9）单击文本输入交互方式，在【属性：判断图标】控制面板修改图标名称为*，选择【交互】选项卡，设置【分支】为"继续"，如图 15-40 所示。

图 15-38　"录入提示"图标中文本样式和位置

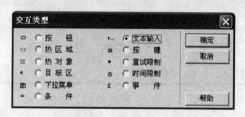

图 15-39　选择交互类型

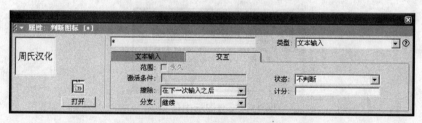

图 15-40　【属性：判断图标】控制面板

（10）向群组图标右侧拖放一个计算图标，在【属性：判断图标】控制面板，修改图标名称为"NumEntry>""，设置【类型】为"条件"。选择【交互】选项卡，设置【分支】为"退出交互"，如图 15-41 所示。

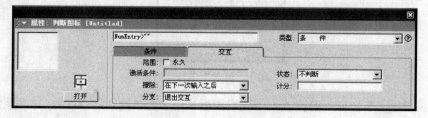

图 15-41　【属性：判断图标】控制面板

（11）双击打开"NumEntry>""" 图标，输入内容信息，关闭窗口并保存，如图 15-42 所示。

（12）向"学号"图标下面拖放一个群组图标，命名为"姓名"，双击打开"姓名"图标，向流程线上拖放一个交互图标，命名为"姓名"，向"姓名"图标右侧拖放一个显示图标，选择【条件】交互类型，如图 15-43 所示。

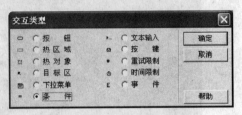

图 15-42　NumEntry>""图标中信息　　　　　　　图 15-43　选择交互类型

（13）打开【属性：判断图标】控制面板，设置【条件】为 WordCount>1，向 WordCount>1 图标右侧拖放一个计算图标。打开【属性：判断图标】控制面板，修改图标名称为*，设置【类型】为"文本输入"。选择【交互】选项卡，设置【分支】为"退出交互"，如图 15-44 所示。

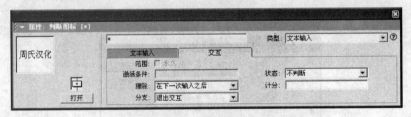

图 15-44　【属性：判断图标】控制面板

（14）双击打开*图标，输入内容信息，关闭窗口并保存，如图 15-45 所示。

图 15-45　*图标中信息

（15）右击"姓名"图标，在弹出的快捷菜单中选择【计算】命令，在弹出的计算窗口中输入内容信息，关闭窗口并保存，如图 15-46 所示。

图 15-46　"姓名"图标中信息

（16）向"姓名"图标下面拖放一个群组图标，命名为"性别"，双击打开"性别"图标，向流程线上拖放一个交互图标，命名为"性别"，向"性别"图标右侧拖放一个显示图标，选择【条件】交互类型，如图 15-47 所示。

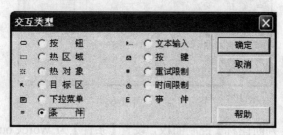

图 15-47 选择交互类型

（17）打开【属性：判断图标】控制面板，设置【条件】为 WordCount>1，向 WordCount>1 图标右侧拖放一个计算图标，打开【属性：判断图标】控制面板，修改图标名称为*，设置【类型】为"文本输入"，选择【交互】选项卡，设置【分支】为"退出交互"，如图 15-48 所示。

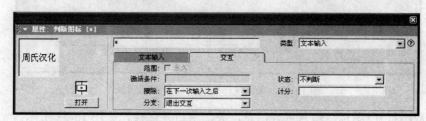

图 15-48 修改*图标交互属性

（18）双击打开*图标，输入内容信息，关闭窗口并保存，如图 15-49 所示。

图 15-49 *图标中信息

（19）在"性别"图标上右击，在弹出的快捷菜单中选择【计算】命令，在弹出的计算窗口中输入内容信息，关闭窗口并保存，如图 15-50 所示。

图 15-50 "性别"图标中信息

（20）向"性别"图标下面拖放一个群组图标，命名为"班级"，双击打开"班级"图标，向流程线上拖放一个交互图标，命名为"班级"，向"班级"图标右侧拖放一个显示图标，选择【条件】交互类型，如图 15-51 所示。

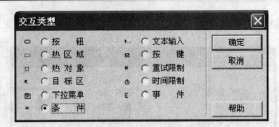

图 15-51　选择交互类型

（21）打开【属性：判断图标】控制面板，设置【条件】为 WordCount>1，向 WordCount>1 图标右侧拖放一个计算图标，打开【属性：判断图标】控制面板，修改图标名称为*，设置【类型】为"文本输入"。选择【交互】选项卡，设置【分支】为"退出交互"，如图 15-52 所示。

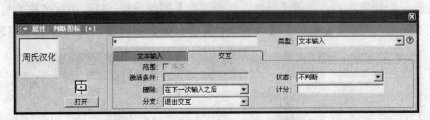

图 15-52　【属性：判断图标】控制面板

（22）双击打开*图标，输入内容信息，关闭窗口并保存，如图 15-53 所示。

（23）在"班级"图标上右击，在弹出的快捷菜单中选择【计算】命令，在弹出的计算窗口中输入内容信息，关闭窗口并保存，如图 15-54 所示。

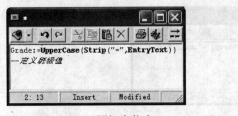

图 15-53　*图标中信息

图 15-54　"班级"图标中信息

（24）向"班级"图标下面拖放一个群组图标，命名为"违纪"，双击打开"违纪"图标，向流程线上拖放一个交互图标，命名为"违纪"，向"违纪"图标右侧拖放一个显示图标，选择【条件】交互类型，如图 15-55 所示。

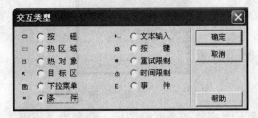

图 15-55　选择交互类型

（25）打开【属性：判断图标】控制面板，设置【条件】为 WordCount>1，向 WordCount>1 图标右侧拖放一个计算图标，打开【属性：判断图标】控制面板，修改图标名称为*，设置【类型】为"文本输入",选择【交互】选项卡,设置【分支】为"退出交互",如图 15-56 所示。

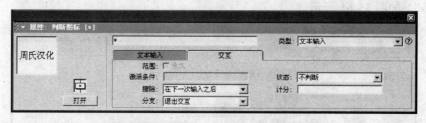

图 15-56　【属性:判断图标】控制面板

(26) 双击打开*图标,输入内容信息,关闭窗口并保存,如图 15-57 所示。

图 15-57　*图标中信息

(27) 在"违纪"图标上右击,在弹出的快捷菜单中选择【计算】命令,在弹出的计算窗口中输入内容信息,关闭窗口并保存,如图 15-58 所示。

图 15-58　"违纪"图标中信息

(28) 向"违纪"图标下面拖放一个群组图标,命名为"扣分",双击打开"扣分"图标,向流程线上拖放一个交互图标,命名为"扣分值",向"扣分"图标右侧拖放一个显示图标,选择【文本输入】交互类型,如图 15-59 所示。

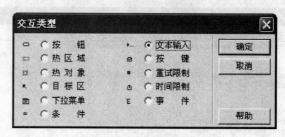

图 15-59　选择交互类型

(29) 单击文本输入交互方式,在【属性:判断图标】控制面板中,修改图标名称为*,选择【交互】选项卡,设置【分支】为"继续",如图 15-60 所示。

(30) 向群组图标右侧拖放一个计算图标,在【属性:判断图标】控制面板中,修改图标名称为"NumEntry>"""",设置【类型】为"条件"。选择【交互】选项卡,设置【分支】为"退出交互",如图 15-61 所示。

图 15-60   【属性:判断图标】控制面板

图 15-61   【属性:判断图标】控制面板

(31)双击打开"NumEntry>"""图标,输入内容信息,关闭窗口并保存,如图 15-62 所示。

图 15-62   NumEntry>""图标中信息

(32)向"扣分"图标下面拖放一个群组图标,命名为"获得信息",双击打开"获得信息"图标,拖放一个计算图标,命名为"生成更新或插入命令",双击打开"生成更新或插入命令"图标,输入内容信息,关闭窗口并保存,如图 15-63 所示。

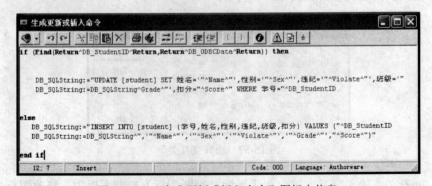

图 15-63   "生成更新或插入命令"图标中信息

(33)向"生成更新或插入命令"图标下面拖放一个导航图标并双击,在【属性:导航图标】控制面板上，设置【类型】为"调用并返回"，在【页】列表框中选择"执行命令"图标，如图 15-64 所示。

图 15-64　【属性：导航图标】控制面板

（34）向导航图标下面拖放一个计算图标，命名为"获得信息命令"，双击打开"获得信息命令"图标，输入内容信息，关闭窗口并保存，如图 15-65 所示。

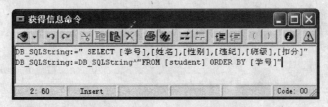

图 15-65　"获得信息命令"图标中信息

（35）向"生成更新或插入命令"图标下面拖放一个导航图标并双击，在【属性：导航图标】控制面板上设置【类型】为"调用并返回"，在【页】列表框中选择"执行命令"图标，如图 15-66 所示。

图 15-66　【导航图标】属性设置

（36）向"获得信息"图标下面拖放一个擦除图标，命名为"擦除提示"，设置擦除对象为"录入提示"和文本输入交互等，如图 15-67 所示。

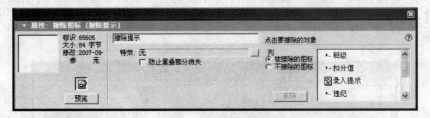

图 15-67　【属性：擦除图标】控制面板

（37）向"擦除提示"图标下面拖放一个显示图标，命名为"显示录入信息"，双击打开"显示录入信息"图标，利用文本工具输入文本，利用绘图工具绘制矩形，利用选择工具调整文本、图形样式和位置，如图 15-68 所示。

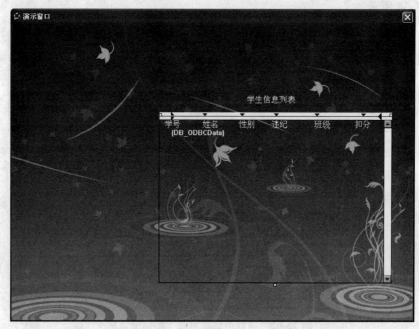

图 15-68 "显示录入信息"图标文本样式和位置

15.3.5 升序排序内容制作

（1）向"录入学生信息"图标右侧拖放一个群组图标，命名为"升序排列分值"，双击打开"升序排列分值"图标，向流程线上拖放一个计算图标，命名为"升序排列"，双击打开"升序排列"图标，输入内容信息，关闭窗口并保存，如图 15-69 所示。

图 15-69 "升序排列"图标中信息

（2）向"升序排列"图标下面拖放一个导航图标并双击，在【属性：导航图标】控制面板上设置【类型】为"调用并返回"，在【页】列表框中选择"执行命令"图标，如图 15-70 所示。

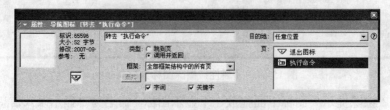

图 15-70 【属性：导航图标】控制面板

（3）向导航图标下面拖放一个显示图标，命名为"显示数据"，双击打开"显示数据"图标，利用文本工具输入信息提示文字，利用绘图工具绘制一个矩形，利用选择工具调整文字、矩形样式和位置，如图 15-71 所示。

图 15-71 "显示数据"图标中文本样式与位置

15.3.6 降序排序内容制作

（1）向"升序排列分值"图标右侧拖放一个群组图标，命名为"降序排列分值"，双击打开"降序排列分值"图标，向流程线上拖放一个计算图标，命名为"降序排列"，双击打开"降序排列"图标，输入内容信息，关闭窗口并保存，如图 15-72 所示。

图 15-72 "降序排列"图标中信息

（2）向"降序排列"图标下面拖放一个导航图标并双击，在【属性：导航图标】控制面板上设置【类型】为"调用并返回"，在【页】列表框中选择"执行命令"图标，如图 15-73 所示。

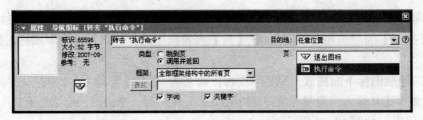

图 15-73 【属性：导航图标】控制面板

（3）向导航图标下面拖放一个显示图标，命名为"显示数据"，双击打开"显示数据"图标，利用文本工具输入信息提示文字，利用绘图工具绘制一个矩形，利用选择工具调整文字、矩形样式和位置，如图 15-74 所示。

图 15-74　"显示数据"图标中文本样式与位置

15.3.7　查询内容制作

（1）向"降序排列分值"图标右侧拖放一个群组图标，命名为"学号查询"，双击打开"学号查询"图标，向流程线上拖放一个计算图标，命名为"获取学号"，双击打开"获取学号"图标，输入内容信息，关闭窗口并保存，如图 15-75 所示。

图 15-75　"获取学号"图标中信息

（2）向"获取学号"图标下面拖放一个导航图标并双击，在【属性：导航图标】控制面板上设置【类型】为"调用并返回"，在【页】列表框中选择"执行命令"图标，如图 15-76 所示。

（3）向导航图标下面拖放一个显示图标，命名为 "显示学号"，双击打开"显示学号"图标，利用文本工具输入信息提示文字，利用绘图工具绘制一个矩形，利用选择工具调整文字、矩形样式和位置，如图 15-77 所示。

图 15-76 【属性：导航图标】控制面板

图 15-77 "显示学号" 图标中文本样式与位置

（4）向 "显示学号" 图标下面拖放一个交互图标，命名为 "选择学号"，向 "选择学号" 右侧拖放一个群组图标，选择【热对象】交互类型，如图 15-78 所示。

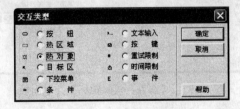

图 15-78 选择交互类型

（5）打开【属性：判断图标】控制面板，修改图标命名为 "获得学生信息"，选择 "显示学号" 图标作为热交互对象，选择【交互】选项卡，设置【分支】为 "退出交互"，如图 15-79 所示。

（6）双击打开 "获得学生信息" 图标，向流程线上拖放一个计算图标，命名为 "获得信息"，双击打开 "获得信息" 图标，输入内容信息，关闭窗口并保存，如图 15-80 所示。

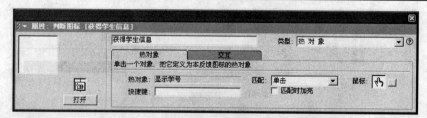

图 15-79　【属性：判断图标】控制面板

图 15-80　"获得信息"图标中信息

（7）向"获取信息"图标下面拖放一个导航图标并双击，在【属性：导航图标】控制面板上设置【类型】为"调用并返回"，在【页】列表框中选择"执行命令"图标，如图 15-81所示。

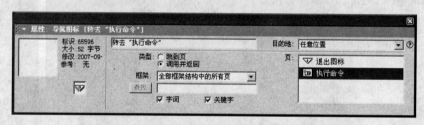

图 15-81　【属性：导航图标】控制面板

（8）向"选择学号"图标下面拖放一个擦除图标，命名为"擦除学号"，打开【属性：擦除图标】控制面板，设置"显示学号"作为擦除对象，如图 15-82 所示。

图 15-82　【属性：擦除图标】控制面板

（9）向"擦除学号"图标下面拖放一个显示图标，命名为"显示学生信息"，双击打开"显示学生信息"图标，利用文本工具输入信息提示文字，利用绘图工具绘制一个矩形，利用选择工具调整文字、矩形样式和位置，如图 15-83 所示。

15.3.8　退出部分制作

双击打开"退出"图标，向流程线上拖放一个计算图标，命名为"退出程序"，双击打开"退出程序"图标，输入内容信息，关闭窗口并保存，如图 15-84 所示。

图 15-83　"显示学生信息"图标中文本样式与位置

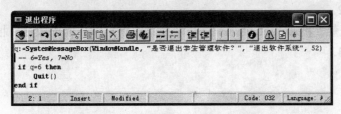

图 15-84　"退出程序"图标中信息

　　至此，学生管理系统软件制作完成，选择【调试】/【重新开始】菜单命令并运行程序，可以测试学生管理系统中的所有功能。经过以上的学习，读者可以了解 Authorware 对数据库的连接和操作等技术。

扩展训练

　　根据本章实例，扩展制作一个超市库存管理软件，要求：
　　（1）添加用户登录功能。
　　（2）有数据计算功能，计算超市进、出库货物数量。
　　（3）添加数据打印功能。

参考文献

[1] 沈精虎. Authorware 5 多媒体制作实例详解. 北京：人民邮电出版社，1999.

[2] 金鼎图书工作室. Authorware 7 多媒体设计师培训班. 成都：四川电子音像出版中心，2004

[3] 黄晓宇. Authorware 7.0 多媒体设计. 北京：机械工业出版社，2005.

[4] 高志清. Authorware 6.x 多媒体制作实例详解. 北京：人民邮电出版社，2003.

[5] 王景工作室. Authorware 7 多媒体制作技能与设计实例. 北京：人民邮电出版社，2005.

[6] 甘登，岱崔铸. 跟我学 Authorware 6. 北京：人民邮电出版社，2002.

[7] 网冠科技编著. Authorware 6.0 时尚创作百例. 北京：机械工业出版社，2002.

[8] 杜文洁，刘明国. 多媒体技术应用课程设计案例精编. 北京：清华大学出版社，2008.

[9] 宋一兵，迟洁茹，乔显亮. Authorware 6 典型应用实例与技巧. 北京：人民邮电出版社，2002.

[10] 张远龙，王兢. 精通 Authorware 7.0. 北京：中国科学技术出版社，北京希望电子出版社，2004.

中国水利水电出版社
www.waterpub.com.cn

出版精品教材　　服务高校师生

以普通高等教育"十一五"国家级规划教材为龙头带动精品教材建设

 高职高专创新精品规划教材

引进高新技术，复合技术，培养创新精神和能力．教学资源丰富，满足教学一线的需求

"教、学、做"一体化，强化能力培养　　　"工学结合"原则，提高社会实践能力

"案例教学"方法，增强可读性和可操作性

 高职高专规划教材

 高职高专新概念教材

　　本套教材已出版百余种，发行量均达万册以上，深受广大师生和读者好评，近期根据作者自身教学体会以及各学校的使用建议，大部分教材推出第二版对全书内容进行了重新审核与更新，使其更能跟上计算机科学的发展、跟上高职高专教学改革的要求。

  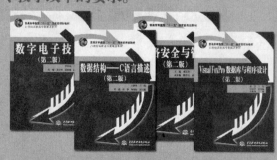